U0116357

独处的人

蒙田随笔

[法]米歇尔·德·蒙田 著

全志钢 陈路 译

北方联合出版传媒（集团）股份有限公司

万卷出版有限责任公司

ⓒ 米歇尔·德·蒙田　2024

图书在版编目（CIP）数据

独处的人：蒙田随笔/（法）米歇尔·德·蒙田著；
全志钢，陈路译. -- 沈阳：万卷出版有限责任公司，
2024.3

ISBN 978-7-5470-6416-0

Ⅰ.①独… Ⅱ.①米… ②全… ③陈… Ⅲ.①随笔—
作品集—法国—中世纪 Ⅳ.①I565.63

中国国家版本馆CIP数据核字（2023）第231988号

出 品 人：王维良
出版发行：北方联合出版传媒（集团）股份有限公司
　　　　　万卷出版有限责任公司
　　　　　（地址：沈阳市和平区十一纬路29号　邮编：110003）
印 刷 者：辽宁新华印务有限公司
经 销 者：全国新华书店
幅面尺寸：145mm×210mm
字　　数：170千字
印　　张：9
出版时间：2024年3月第1版
印刷时间：2024年3月第1次印刷
责任编辑：王　越
责任校对：张　莹
封面设计：仙　境
版式设计：李英辉
ISBN 978-7-5470-6416-0
定　　价：36.00元
联系电话：024-23284090
传　　真：024-23284448

常年法律顾问：王　伟　版权所有　侵权必究　举报电话：024-23284090
如有印装质量问题，请与印刷厂联系。联系电话：024-31255233

目 录
Contents

论独处

撇开传统的出世入世之争不谈。然而，某些人宣扬的所谓"人生在世，非为一己之私，而为天下之公"的妙论，难道不正是他们用来掩盖自己野心和贪欲的遮羞布吗？敢不敢照着这把尺子对这些翩跹起舞的人们做一番衡量，让他们接受良心的考问：他们之所以如此急切地追逐地位和职衔、编织世俗的关系，其实不就是为了从公利中谋取个人的私利吗？当下的人们为达目的而不惜采取卑劣的手段，恰恰证明了他们的目的本就无甚值得歌颂的高尚之处。至于个人的雄心抱负，我们的回答：正因为有了雄心抱负，我们才会对于退隐独处发生兴趣。因为我们借由雄心抱负要逃避的，不就是俗世的束缚吗？我们借由雄心抱负要追求的，不就是无拘无束的自由吗？人不管在哪里，都既可以为善也可以为恶。然而诚如毕阿斯[1]所言，为恶的总是大多数；又或如《传道书》[2]所述，"纵千人之中，无一人为善者"：

良善者何其少哉；举其数，凡不及底比斯之城门、尼罗河之河口。[3]

而在世间存在着一种危险的通病，那就是对于坏人，或效仿之，或仇视之。但这两种态度都是危险的：我们之所以效仿坏人，是因为他们人数实在太多；我们之所以仇视他们，是因为他们和我们不一样。

海上航行的商人对于与自己同船的旅客之中有无淫邪之徒、渎神之辈或凶恶之人都颇为介怀。他们的小心谨慎是有道理的，因为他们认为这样的旅伴是不可能为自己带

[1] 毕阿斯是公元前6世纪古希腊律师、辩论家、哲学家，"古希腊七贤"之一。

[2]《传道书》是旧约圣经中的篇章。

[3] 出自尤韦纳利斯的《讽刺作品集》。

来好运的。

所以，在一场危险的狂暴风浪之中，毕阿斯对纷纷呼喊神灵保佑的一众同船旅客打趣道："你们还是消停一点吧，千万不要让神灵知道你们是和我在一起的！"

还有一则更令人惊愕的例子。为葡萄牙国王曼努埃尔[①]效力的印度总督阿尔布克尔克曾因遭遇风暴而陷入绝境，于是他背起一个男童：如此，他便和男童结成了命运共同体。他企图利用清白无辜的男童作为向神灵祈求庇佑的抵押担保，以迫使神灵拯救自己的性命。

智者并非不能随遇而安，亦非不能独隐于庙堂之众。但毕阿斯说，如果可以选择的话，智者宁愿跑开，连看也不要看这些人一眼。在别无选择的前提下，他只能忍受这一切；而一旦有了选择的自由，他一定会采取第二种态度。其实，在他看来，一个人如果还必须忍受他人之恶，就意味着他还没有彻底摆脱恶。对于那些因为与坏人结交而坏

---

① 指葡萄牙国王曼努埃尔一世。

了自身名声的人，卡龙达斯①一贯是把他们当作坏人来惩罚的。

再没有什么像人这样既痛恨社会交往又热爱社会交往的了：人痛恨社会交往是因为自身之恶，而人热爱社会交往则是天性使然。安提西尼②在被人指责与坏人交往之时，反驳道："医生还不是和病人生活在一起吗？！"我以为他的这个辩解不够恰当，因为医生虽然能改善病人的健康状况，但可能由于长期浸染和接触疾病而受到传染，乃至伤及其自身的健康。

我以为，人之所以要退隐独处，就是为了要活得更加安宁，更加自在。然而，有人在追求退隐独处的道路上不时误入歧途：他们常常以为自己已经脱离了纷繁的世事，而实际上只不过是变换了操心的对象。其实，操持一个小家的烦恼绝不比治理一个大国来得更少。而人的心神一旦

---

① 卡龙达斯是公元前6世纪古希腊的一位伟大立法者，曾定下公民不得携带武器参加集会的法律。后来他自己却在一次集会上不慎佩带了一把剑。当卡龙达斯意识到自己践踏了自己所立的法律，就庄重地说道："我向宙斯发誓我会维护这条法律。"言罢拔剑自刎而死。

② 又译安提斯泰尼，古希腊哲学家，是苏格拉底弟子之一，也是古希腊犬儒学派的奠基人。

受到了侵扰，无论这侵扰何其微小，它就是彻彻底底地被侵扰了。家庭事务虽然谈不上多么重要，但它们带来的烦扰却一点也不少……纵使摆脱掉法律和生意上的纷扰，也不能算摆脱了生活中主要的烦恼。

可堪解忧者，非临海远眺也，唯智慧与理性也。[1]

我们的野心、贪念、犹疑、畏惧以及淫欲并不会因为我们来到另一个地方而放弃纠缠我们：

烦忧攀上马背，尾随骑士行走四方。[2]

纵然我们躲进寺庙和经院，它们也常常尾随而至；纵然逃到荒野，逃进洞穴，披上僧衣，守斋持戒，也不足以使我们摆脱它们：

---

① 出自贺拉斯的《书札》。
② 出自贺拉斯的《歌集》。

插进肋间的利箭怎么也甩不脱。①

有人告诉苏格拉底②，某人虽然出门旅行，情绪却几无好转。"我早就料到了呀，"苏格拉底说，"因为他带上了他自己。"

去往异国他乡的人，到底在追寻什么？
离开故土家园的人，莫不是逃避自己？③

要是不首先放下压在自己心上的重担，出门旅行就只能倍感沉重。譬如一艘船舶，只有把装载的货物码放齐整，方能行动自如。又如随意挪动病人会增加对他的伤害。伤

---

① 出自维吉尔的《埃涅阿斯纪》。

② 苏格拉底是希腊（雅典）哲学的创始人之一，对后来的古代和近代哲学家产生了强烈影响。他对艺术、文学和大众文化的描述使他成为西方哲学传统中最广为人知的人物之一。苏格拉底70岁时，被雅典法庭以"不敬神明""信仰新神""蛊惑青年"罪名审判，最终选择喝下毒酒而死。在他死后14年（公元前385年），雅典法庭重审了苏格拉底案，改判他无罪，并判处当时诬告他的美勒托死刑，吕孔和阿尼图斯等人被判处流放。石匠刻画了苏格拉底的头像，来纪念此事。

③ 出自贺拉斯的《歌集》。

痛好似袋子里的杂物，晃动袋子只能使它们堆挤得更加混乱；伤痛又像篱笆的桩子，越是摇它晃它，它便插得越深。由此可见，只是远离人群是不够的；光是换个地方也是不够的。人必须做的，是远离世人的生活方式，所以必须扪心自省，反求诸己。

你告诉我说："我挣断了绑缚我的铁链。"
是的，就像终于奋力挣断链条、仓皇奔逃的那只狗：
颈上还是拖着长长的一截断了的锁链。[①]

我们还是拖着绑缚我们的铁链。这算不上完全意义上的自由，因为我们还是在乎我们所留下的，因为它还是盘踞在我们的心头。

你可知道心若不纯净，就要无谓地
面对何等的战斗、何等的危险？
剧烈的忧愁撕扯着你，万般情绪折磨着你，
何其可怖！

---

① 出自佩尔西乌斯的《讽刺诗》。

傲慢、荒淫、狂怒

噬咬着你！还有虚荣，还有懒惰！ [①]

我们病在心灵；心灵势单力孤，无法逃出这绝地。

所以必须寻回心灵，呵护心灵：这才是真正的退隐独处，是居于闹市、身在庙堂的我们也能享受得到的退隐独处。当然，若能远离俗世，则能更加从容地品味这种退隐独处。

一旦下定决心独自生活，就意味着离开他人，就必须做到只靠自己来满足自己。那么就要抛开与他人的一切联系，就要依靠自己来保障自己真正地独自生活，并自在地享受这种生活。

斯提尔波 [②] 从其城市发生的浩大火灾中幸存了下来，但大火使他失去了妻子、儿女和所有的财产。德米特里一世 [③] 看到他对于其家园的这场浩劫并未表露惊恐的神色，就问他有没有遭受损失。他答道没有，感谢上帝，他并未失去

---

① 出自卢克莱修的《物性论》。

② 古希腊哲学家，是欧几里德斯某些追随者的学生。他是麦加拉哲学学派的第三任领袖，在他的领导下，麦加拉学派盛行于希腊。

③ 马其顿王国安提柯王朝的国王。

任何真正属于他的东西。这与哲学家安提西尼曾经说过的一句戏言不谋而合。安提西尼说：人应该为自己装备能够漂浮起来、能和自己一起脱逃沉没下场的物资。

确实，如果这位智者在此番灾难之后依然故我，就没有受到任何损失。诺拉城的主教波林在城市遭到蛮族劫掠之时失去了一切，还沦为了他们的俘虏。他向上帝发出了这样一番祈祷："主啊，请不要让我感觉到自己失去了什么，因为你知道真正属于我的，他们根本还没有触及分毫。"那真正令他富有的财富、真正令他善良的良善依然保存得完好无缺。所以，我们应该精心挑选那种能够避开任何损失的宝贝，把它们藏到一个除了我们自己任何人也发现不了、也到不了的地方。我们应该娶妻生子，应该赚取财产，应该尽力保持身体的健康，但不能执着于这些，不能把我们的幸福变成这些的附属品。

我们应该为自己预留一个只属于我们自己的、真正自由的秘密厅堂，在那里我们可以构建自己的真自由，那里是我们退隐独处的主要所在。在那里，我们要每天都与自己交谈，亲密无间地交谈；在那里，任何与外物的关系或联系都没有立足之地。我们在那里独自谈笑，仿佛自己是没有妻儿、没有财产、没有随从，也没有仆役之人。这样，待到真正失去这一切的时刻来临之际，我们就一定能安之若素了。这样，我们就会拥有一颗能屈能伸的心灵，它能呵护陪伴它自己，它进可攻、退可守，它乐于接受也乐于施予。所以不必担心自己在退隐独处中会陷入无聊无趣的囹圄。

在独处中，你就是你自己的众人。①

这种效果的发生是自然而然的：不需要规则，不需要言语，也不需要刻意地去做什么。

我们平日所行之事中，真正关乎自己的不足千分之一。看看这个满腔怒火、不能自已、冒着枪林弹雨爬上断壁残垣的人，还有那个遍体鳞伤、饥肠辘辘、精疲力竭、宁死也要负隅顽抗的人，你觉得他们之所以落到这个田地是为了他们自己吗？其实多半是为了一个他们从未见过的人，一个毫不在意他们生死的人，一个此时此刻正在享受闲情逸致的人。再看看这个邋里邋遢的人，他总是在后半夜顶着黑眼圈，一边咳嗽着一边吐着唾沫，从书房里走出来。

---

① 出自提布卢斯的《哀歌》。

你以为他是在书山上探寻如何成为更幸福、更智慧的君子之道吗？非也。他竭泽而渔，无非是为了日后教习普劳图斯①诗篇的音步格律和拉丁词语的正确拼写而已。谁人不是心甘情愿地用自己的健康、休息和生命去换取名声和荣耀？然而名声和荣耀是人世间最无用、最虚空、最不值的东西。我们担忧妻儿和下属的生死，仿佛我们自己的生死还不够让我们担忧似的。我们包揽邻居和亲友的事务，为之操心劳神、绞尽脑汁，仿佛我们自己的事情还不够令我们烦恼似的。

> 人何以有此执念，
>
> 认定爱他者须得胜过爱自己？②

在我看来，对于泰勒斯③这种已经把最美好年华贡献给

---

① 罗马第一个有完整作品传世的喜剧作家，也是罗马最重要的一位戏剧作家。

② 出自泰伦提乌斯的《两兄弟》。

③ 又译泰利斯，公元前7—公元前6世纪的古希腊时期的思想家、科学家、哲学家，是希腊最早的哲学学派米利都学派（也称爱奥尼亚学派）的创始人。他是"古希腊七贤"之首，也是西方思想史上第一个有记载有名字留下来的思想家，被称为"科学和哲学之祖"。

了社会的人来说，退隐独处才是更合理合情的选择。

　　我们为他人活得已经够久了，那么至少在我们生命弥留之际为我们自己而活吧。把我们的思虑和关注带回到我们自己以及我们自身的舒适上来。想要隐退到一个妥当的所在并非易事，这件事就够我们忙活的了，所以不要再去掺和其他事情了。既然上帝许可我们自行处理隐退之事，那么我们就应该为此做好准备。收拾好行李，尽快与自己的社交圈告别；摆脱掉这些羁绊着我们的联系，因为就是它们拖拽着我们远离了自己。必须解除掉这些束缚，无论它们有多么强大；从此以后，我们还是可以爱这爱那，但只遵从自己。换言之，可以和一切保持关系，但这关系不能密切到非要我们脱层皮、掉块肉方能摆脱的地步。因为世间最重要之事，莫过于懂得为自己而活。

　　我们既已不能为社会带来什么，那么就到了与它告别的时候。既然不能付出，就应禁止自己索取。我们的力量日渐衰颓，所以我们应该把它留给我们自己，为我们自己汇聚力量。如果可以扭转颓势，自己做自己的亲朋好友，那我们就应该这么去做。我们的衰颓使我们在他人眼中变得无用、无趣，乃至讨厌，但我们不能让自己也觉得自己讨厌、无趣或无用。我们应该取悦自己、抚慰自己，特别是要本着自己的理智和良知来行为处世，以免行错一步尚不自知。"知自重者，实属罕有。"①

苏格拉底就说过：人在年少时应该努力学习，成年后应该努力做事，而老了后就应该卸下一切军民职务，随心所愿、无拘无束地生活。

有些人比较适合践行这些退休生活的指南。我便是这样一个人，理解力薄弱，敏感而多思，不愿意委屈自己，也不愿意轻易被人利用。无论是从天生的性格来说，还是从处世的态度来说，与那些积极主动拥抱一切、投入一切、热爱一切，并随时随地准备站出来付出和奉献自己的人相比，我这种人更适合遵循这些规范。所以对那些天赐的外在的优越条件，我们应当善加利用，但不要把它们当作我们生活的基础，因为它们本就不是我们生活的基础：无论是理智还是天性，都不要求那么做。那么我们为什么要违逆理智和天性的法则，把我们的快乐交由他人来左右呢？

还有一种极为勇毅的态度，那就是因为预期可能会遭遇命运的不测而主动放弃自己拥有的优越条件。许多人那么做是出于宗教信仰，而一些哲人则是出于自己的信念：

---

① 出自昆体良的《雄辩术原理》。

他们折磨自己，睡在硬硬的地面上，把自己弄得筋疲力尽，抛弃财产，追求痛苦，以期通过此生的磨难来换取来世的幸福，或是为了防止坠落而甘居底层。就让那些个性极其强大、极其坚强的人们把自己的隐退塑造成光辉的典范吧。

> 若我身无分文，我定鼓吹，
> 自己甘于清贫、知足常乐；
> 若得命运眷顾，赐我财富，
> 我必昂首承认：世间福乐贤哲
> 莫过于坐拥收租之利。①

我觉得倒不必走那么远，也是大有可为的。对我来说，也就是好好利用命运赐予的有利条件为日后可能的不测做好准备，从容不迫地直面可以想见的将要到来的不幸。我们在和平时期通过比武和竞赛开展战争演习的意义也在于此。

我不会因为知道先哲阿尔克西拉乌斯②用的是金银餐具

---

① 出自贺拉斯的《书札》。

② 古希腊阿埃奥利亚哲学家。

而减损对他的尊敬，因为他有条件那么做。他没有禁止自己，而是节制有度、大大方方地使用它们，这反倒令我更加尊重他。

我知道我们自然需求的下限是什么。每每看到那上门乞讨的乞丐都比我更快乐、更健康，我便会设身处地，尝试着揣度他的心灵。见得多了，对于在身后追逐着自己的死亡、贫穷、蔑视和疾病，我就不觉得有多么可怕了，因为连一个不如我的人都能够如此勇敢地直面它们。我才不相信精神狭隘的人能比思想活跃的人做得更好，也不相信理性思维的力量不能与习以为常的力量匹敌。而且因为我知道生活中的种种享乐何其无关紧要、何其过眼烟云，所以我在充分享受它们的同时，常常向上帝发出我最重要的祷告，祈祷他使我因我自己以及我所施的善行而感到满足快乐。

我见过一些非常健壮的小伙子总在旅行箱里备上许多药丸，以便伤风感冒时服用；他们因为有药在手而不那么害怕生病。我们也应该这样做。而且，如果觉得自己可能会罹患某种更严重的疾病，那就要备好能够缓解这种病痛的对症药物。

为自己的退休生活所选择的活动既不能繁重，也不能无聊。否则，我们休养生息的目的就会落空。这取决于每个人自己的兴趣：我对于各种家务活动便毫无兴趣。而喜欢做家务活的人也应注意节制适度：

役物而不役于物。①

否则，就会像撒路斯提乌斯②说的那样，料理家务也会变成一场奴役。当然这种奴役也有其高贵之处，比如色诺芬③说过居鲁士④就喜欢料理园艺。有的人身陷于这种低贱

---

① 出自贺拉斯的《书札》。

② 古罗马历史学家，曾经活跃于政界，曾于公元前52年当选为罗马保民官。他曾著有一部《罗马史》记述公元前78—公元前67年罗马的重大事件，可惜已经佚失，流传下来的两部著作是《喀提林阴谋》和《朱古达战争》。西方史学界把撒路斯提乌斯与李维、塔西佗并列为"罗马三大史学家"。

③ 苏格拉底的弟子，古希腊历史学家、思想家，以记录当时的希腊历史、苏格拉底语录而著称。著有《长征记》《希腊史》《拉西第梦的政制》《雅典的收入》，以及《回忆苏格拉底》等。

④ 古代波斯帝国缔造者，波斯首位皇帝（公元前550—公元前530年在位）。他所创建的国家疆域辽阔，从爱琴海到印度河，从印度河到地中海，从尼罗河到高加索。他在自传铭文中骄傲地说："我，居鲁士，乃世界之王，伟大的王。"

的劳作之中，受其束缚，为之操劳；也有的人完全撒手不管，乐得轻松逍遥；在这两者之中，应该还是能够找到一种折中的平衡。

> 德谟克利特①任凭羊群嚼食他的麦田，
>
> 因为他的心思离了肉身在天外逍遥。②

还是来听一听小普林尼③就隐退一事给他的朋友科尔涅利乌斯·苏拉④的忠告吧："我建议你，在你这富足的彻底退休的生活中，把料理家务这类繁杂辛苦的活动交给你的仆人，专心投入到研究文学的活动中去，这样才能做出一

---

① 古希腊唯物主义哲学家，原子唯物论学说的创始人之一，率先提出万物由原子构成的原子论。他在哲学、逻辑学、物理、数学、天文、生物学、医学、心理学、伦理学、教育学、修辞学、军事、艺术等方面都有所建树。

② 出自贺拉斯的《书札》。

③ 罗马帝国元老、作家、演说家。但他的演说词几乎全部散失，传世的只有《图拉真颂》1篇，另有《书信》10卷，对后期罗马散文的发展有较大影响。

④ 罗马共和国独裁官。苏拉开创了执政官独裁的先例，在一定程度上为后来恺撒的效仿奠定了基础。

些完全属于你的东西。"对于他来说，那东西就是名誉。在这一点上，他与西塞罗①是一致的。后者宣称想要利用自己的退休生活、利用自己卸下公共职务的机会来进行创作，并通过自己的作品来获得永生。

若不使人知你所知，

你知又有何益？②

既然我们要的是遗世退隐，那么目光须得超越俗世才是合理的。不过我上面提到的这些人都只做到了一半。他们都为退出俗世而精心安排好了自己的事务；然而出于某

---

① 古罗马著名政治家、哲学家、演说家、作家和法学家。他出生于骑士阶级富裕家庭，青年时期投身法律和政治，后曾担任罗马共和国执政官；同时因其演说和文学作品，被广泛认为是古罗马最好的演说家和最好的散文作家之一。在罗马共和国晚期的政治危机中，作为共和国所代表的自由主义的忠诚辩护者，他成了安东尼的政敌。西塞罗因其作品的文学成就为拉丁语的发展做出了不小的贡献，设定了古典拉丁语的文学风格。西塞罗也是一位古希腊哲学的研究者。他通过翻译为罗马人介绍了很多希腊哲学的作品，使得希腊哲学的研究在希腊被罗马征服之后得以延续。西塞罗深远地影响了欧洲的哲学和政治学说，至今仍是罗马历史的研究对象。

② 出自佩尔西乌斯的《讽刺诗》。

种可笑的矛盾心态，他们都希冀从这个他们将要退出的俗世中收获自己安排的果实！相形之下，那些虔信宗教的人们心里对神应许的来世充满希望，他们寻求退隐的心意反倒更加真诚。因为他们把上帝视作目标，而上帝的善意和力量都是没有止境的。他们的灵魂可以从上帝那里寻得赐予，使其各种欲望都得到满足。而痛苦和磨难也是他们甘于承受的，因为这些都能帮助他们获得永世的康乐；对于死亡，他们也乐观其成，因为死亡意味着向如此完美的一个境界的过渡。严守清规戒律的辛苦很快就会因为习以为常而得到缓解；而在他们持续的戒除之下，肉欲的机能和实践无以为继，也终将被熄灭、被催眠。或许，只有这样一种目的，这种求得永生幸福的来世的目的，真正值得我们为之抛弃此生的优越和享乐。而能够真正持续用如此强烈的信念和如此强大的希望来激励自己灵魂的人就能够为隐退的自己构建起一种远远超出任何来世的快乐而美妙的生活。

说到底，无论是普林尼设定的目标，还是他指示的方法，都不能令我满意：那分明是换汤不换药嘛！著书立言同样是非常辛苦的劳作，而且同样有害健康，这一点尤其不可忽视。我们也不应该沉迷在著书的乐趣之中，因为沉迷于这种乐趣之中就和沉迷于料理家务、沉迷于斤斤计较、沉迷于声色犬马，以及沉迷于雄心壮志一样，都会带来损失。贤哲们就教导我们要小心提防我们自己的兴趣会背叛我们，要慧眼明辨哪些是真实而纯粹的快乐，哪些是掺杂着痛苦的快乐；因为据他们说，大部分的快乐就像被埃及人叫作"非利士"的匪贼一样，之所以撩拨我们、取悦我们，都是为了伺机扼杀我们。假如醉酒之前先会头疼，就没有人会酗酒了！然而在饮酒时首先来临的总是愉悦的感觉，这种愉悦欺骗了我们，还向我们隐瞒了后续的结果。著书自然是一桩美事，但若为了沉陷在著书之中而折损了我们至为宝贵的快乐和健康，那还是戒掉它吧：对于那些认为写书得不偿失的观点，我完全赞同。

因为身体失调而长期感觉虚弱的人们终归要去求医问药，然后遵从医嘱。同样，对社会生活感到厌倦而隐退的人也应该恪守理性的法则，提前做好准备，预先规划好自己的新生活。他应该放下诸般辛劳，全面弃绝各种可能损害身心宁静的激情，并根据自己的脾性选择自己退隐的途径。

且让各人选择各人的道路罢。①

　　无论是家务、研究、狩猎，还是别的什么活动，都应该尽情投入以从中获取最大的快乐，同时注意不要过度，不要迈过从快乐到折磨的那道界线。除非出于保持自身良好状态之必须，不要轻易沉沦于这些活动的辛苦之中；同时，也要防止自己走到另一个极端，陷入无所事事的精神怠惰之中。有一些事务是极枯燥而艰难的，它们大多属于社会生活范畴；应该把它们留给身负社会职务的人士去处理。就我而言，我只喜欢看一些轻松易读、令我愉悦，或是能给我抚慰并帮助我调理我的生死的书籍。

　　我悄悄走进开卷有益的书林中，
　　思索着古圣先贤思索过的问题。②

　　拥有强健心灵的智者能够为自己打造一片纯粹的精神栖息地。但我只有平庸的灵魂，所以我需要肉身的愉悦来作为支撑，而如今岁月已然剥夺了我生命的精华，我只能

①② 出自普罗佩提乌斯的《献给卿蒂娅的爱情哀歌》。

培养和激发自己对于那些最适合我自身现状的事物的兴趣。为了留住光阴从我们手中一一夺走的生之乐趣，我们必须奋力挣扎。

> 采撷生命中的快乐吧：我们是为自己而活；
>
> 我们终将灰飞烟灭，成为世人口中的故事。①

　　至于普林尼和西塞罗提出的以追求光荣为目标的建议，不在我的考虑之内，因为与隐退独处生活最为背道而驰的精神状态就是胸怀野心。追求光荣与休养生息是不能共存于同一屋檐之下的两回事。在我看来，这类人只是手脚和身体离开了社会，他们的灵魂和心思反而比以往更顽固地赖在了社会之中。

> 老伙计，难道你活着就图个哗众取宠吗？②

　　他们所做的其实是以退为进，是为了积蓄力量以图更猛烈地投入到人群中去。想知道他们何以与自己的目标失

---

①② 出自佩尔西乌斯的《讽刺诗》。

之交臂吗？且拿两位出自不同学派的哲人的观点来做一番衡量吧。他们分别给自己的朋友伊多墨纽斯和卢基里乌斯写信，规劝此二人放下社会职务，去过退隐独处的生活："至此，您已历尽风浪，是时候回到港湾里来颐养天年了。您已经把人生的精华献给了光明，现在就把余年交给阴影吧。放不下自己的成就，就放不下自己的职位。所以，请不要再记挂着自己的名望与荣耀。只怕您过去的功绩太过闪耀，会追随着您令您一直不得安宁。隐退吧，用别的乐趣去取代被人追捧的乐趣吧。至于您的学识和才华，您也不必担心：只要您自己能够尽享其益，它们就不会失去价值。"

"请您记住那个人，当有人问他何苦花费这许多心血在一门罕有人欣赏的艺术之上，他答道：'我所求不多，就算只有一人欣赏，甚至无人欣赏，对我来说都足够了。'他说的是真心话：您只要有一位朋友，你们就足够成为彼此的舞台；即便您孤身一人，您也可以成为您自己的舞台。您应该把众人视若一人，把一人视作众人。如果想要从自己选择的遗世退隐中博取荣耀，那实在是打错了算盘。要像动物那样，在退入巢穴时抹去自己留在洞口的痕迹。您应当求索的，不再是知道世人如何谈论您，而是您如何面对您自己。回归到您的自我中去吧，但请事先做好迎接自己的准备：如果您不懂得如何管理自己，那么把您交给您自己就无疑是一项疯狂之举。"

"人在退隐独处之中，和在社会生活中一样，也可能犯错误。您要用高尚的思想充实您的心灵，直到您不敢在您自己面前轻举妄动，直到您知廉耻、知自重。多想想老加图 ①、福基翁 ② 和阿里斯提德 ③，在他们面前连疯子也不敢造次。把他们当作您各种意愿的监督者：一旦您的意愿偏离了方向，您对他们的尊重就会把它拉回到正确的道路上来；他们的存在是对您的支持，他们会帮助您满足自己，帮助您做到一切仅求诸己，帮助您的心灵坚守理性思考的分寸，这样您的心灵才能快乐。而您在探索何为真正的善的过程

---

① 通称为老加图或监察官加图，以与其曾孙小加图区别。他是罗马共和国时期的政治家、国务活动家、演说家，公元前195年的执政官。他也是罗马历史上第一个重要的拉丁语散文作家。

② 古希腊雅典政治家和军事将领。公元前322—公元前318年雅典的实际领导人。早年曾在柏拉图门下学习，后又与同窗色诺克拉底交往甚密。曾努力参加雅典对马其顿保持独立的活动并在其中发挥作用，但后来迫于马其顿的压力而与之妥协。公元前323年亚历山大大帝死后，他在马其顿与希腊城邦之间周旋。公元前318年他由于倡导民主制而被处决，后被恢复名誉并给予补行国葬的待遇。

③ 古希腊雅典政治家和军事将领。

中，每增进一分认识，就会增进一分快乐，就会感到满足，就不会再妄想延长自己的生命或名气。"这才是自然而真实的哲理的忠告，而不是小普林尼和西塞罗那般浮夸的聒噪。

论书籍

　　毋庸置疑，我所谈论的许多事情，相关领域的专家肯定能谈得更好、更透彻。我写作此文，凭借的不过是我天生的能力，而非习得的知识。所以若有人斥责我无知，我也毫不介意，因为要是我所阐述的东西连我自己都不信服、都不满意，我就很难拿它去说服别人。只想求索知识的人，还是到别处去求索吧；至于我，没有什么能令我在我要做的事情上退缩。我写作此文，要做的就是阐述我的想法；而且我阐述这些想法，目的并不在于让人们认识事实，而是让人们认识我。未来或有一天，我会真正了解我在此文中提及的对象，但也有可能我过去曾在机缘巧合之下真正了解过它们，只不过我记不得了。我虽然读过一些书，可我总是记不住。

所以，我能做的，就是让大家了解一下，我此时此刻在认识自我的道路上前进到了哪一步。除此之外，我什么都不能向大家保证。希望你们不要纠结于我提及的对象，而应该把注意力放在我对待它们的方法上。希望大家透过我在文中引用的材料，去评判我所选择的这些材料对于其余部分是否起到了良好的烘托和支撑作用，而那其余的部分才是真正属于我的东西。囿于语言的匮乏、智慧的贫瘠，我之后要借他人之口来说我自己想说而说不好的东西。我对于引用的东西并不追求数量，而是加以权衡考量。若是在乎引文数量，那我引用的东西完全可能再多两倍。这些引文，除去极个别例外，皆出自毋庸赘言大家也耳熟能详的古代名家。我在推理、比较和论证中，把它们移栽到自己的田地里，把它们和我的思想混栽在一起，有时还刻意隐去它们的作者的姓名，为的是以此吓阻那些操之过急的鲁莽非议。如今，对各类作品进行非议已经形成风气；对于近期的作品，对于依然在世的作者用当下的"通俗"语言写就的作品尤其如此：此类作品因为语言通俗，就使得每个人都能对其加以评论，这似乎就令一些人觉得，该类作品的构思和意旨也同样平庸。我就是要让这些人在把非议的矛头指向我的鼻子时，突然发现自己指着的其实是……普鲁塔克^①的鼻子！让他们自以为在侮辱我的时候，实际上侮辱的却是塞涅卡^②，让他们出尽洋相。我力量薄弱，所以只好躲在这些名人身后来掩护自己。

我希望有人能凭着明睿的判断力，辨察语句的力与美，就把躲在名人身后的我给揪出来。因为我虽然记忆力不好，从来记不清哪句话出自谁人之口，但我对于自己的能力还是有自知之明的，并不羞于承认绽放在我这块地上的富丽花朵绝不是我这贫瘠的土壤能够滋养出来的，我自己培养出来的所有成果加在一起也无法与之媲美。

我必须请求谅解的是，我的论述时而会失落方寸，言

---

① 罗马帝国时代的希腊作家、哲学家、历史学家，以《比较列传》（又称《希腊罗马名人传》或《希腊罗马英豪列传》）一书闻名后世。他的作品在文艺复兴时期大受欢迎，蒙田对他推崇备至，莎士比亚不少剧作都取材于他的记载。

② 古罗马政治家、斯多葛派哲学家、悲剧作家、雄辩家。其作品大体上可以归为三大类：首先，他写下了很多关于斯多葛哲学的随笔散文；其次是训诫的书信；最后是他的戏剧，通常描绘情节生动的暴力事件。塞涅卡现存哲学著作有12篇关于道德的谈话和论文、124篇随笔散文收录于《道德书简》和《自然问题》中，另有9部悲剧文学作品。

辞时而会流于虚浮，而我自己对此却毫无察觉，甚至在别人向我指出后仍然不明所以。这是因为有许多错误是我们自己看不见的：但当别人向我们指出后，如果我们还是看不见，这就意味着我们的判断力存在缺陷了。有的人有学识、懂真理，但不一定有判断力；也有的人有判断力，但没有学识、不懂真理。懂得承认自己的无知着实是我能想到的，能证明自己拥有判断力的最明白、最确凿的一项证据。我在整理自己的思想碎片时，唯一依靠的就是运气。在想法产生的同时，我就把它们堆积起来；有时它们会蜂拥而至、乱作一团，有时也会鱼贯而出、有条不紊。我希望大家理解，我的步伐虽然显得异常凌乱，但这就是它本来的样子；我确是在以适合我的节奏行进。何况，我在此谈论的并不是什么非知道不可的话题，也不是什么不能随意轻易讨论的话题。

我希望提高对事物的理解力，但不愿为此付出代价。我想要的，是安安静静地，而非辛辛苦苦地，度过我的余生。没有什么值得我为之绞尽脑汁，就算是再重要的学问也不值得我那么做。我在书本中寻求的，是纯粹的消遣，是从中获取快乐。就算我钻研某书，也只是为了从中寻求能帮助我认识自我、教我好好生活、好好死去的知识。

这才是值得我策马奔腾的目标。①

若在阅读中遇到难点，我也不会急得抓耳挠腮：我会努力尝试一两遍，之后便会把它们搁在一边。要是我纠结于此，就会迷失方向、浪费时间；这是因为我的个性喜欢一蹴而就，第一遍看不懂的东西，执着下去只会更加看不懂。我做事情从来讲究快乐，顽固的执着和过度的压力只会使我的判断力遭受打击，令它不悦，最终垮掉。届时，我的视线就会模糊，陷入迷茫。于是，我就必须把视线转向别处，让它渐渐得以恢复。这和在鉴赏光泽鲜艳的红绸时，行家会建议你反复移动目光、间或让它休息几次，是一个道理。

要是一本书令我感到无趣，我就会换一本来读，而且除非闲极无聊，我是绝不会再碰它了。我对于今人的书不太感兴趣，因为觉得古人的书更扎实、更实在；我对希腊人的书也不太感兴趣，因为我对希腊文的理解力只有孩童和学徒的水平，根本无从施展我的判断力。

———————————

① 出自普罗佩提乌斯的《献给卿蒂娅的爱情哀歌》。

纯粹消遣的书籍中，我觉得现代人薄伽丘[①]的《十日谈》、拉伯雷[②]的作品，以及约翰内斯·塞孔杜斯[③]的《吻》（若可归入此类的话）都值得一读。至于《高卢的阿玛迪斯》[④]之类的书，我从小就不感兴趣。我还想斗胆冒昧地说一句：我这颗老迈沉重的心灵已经不再是阿里奥斯托[⑤]所能撩动的了，连正直的奥维德[⑥]也不能再令我心动了。奥维德的行云流水和精妙创意曾令我迷恋，如今却再难令我产生共鸣了。

我在所有的事情上都是自由地发表观点，即便有些事

---

① 意大利文艺复兴运动代表、人文主义作家、诗人。其代表作有《十日谈》《菲洛柯洛》《苔塞伊达》。薄伽丘与但丁、彼特拉克并称为"佛罗伦萨文学三杰"。

② 文艺复兴时期法国人文主义作家之一，同时也是杰出的教育思想家。其主要著作是长篇小说《巨人传》。

③ 文艺复兴时期荷兰抒情诗人，善于描写命运。

④《高卢的阿玛迪斯》是一部源于法国的著名骑士文学浪漫故事，讲述了阿玛迪斯与奥里娅娜的爱情。据说堂吉诃德就是读了这本书才发疯的。

⑤ 意大利诗人。擅长写叙事诗和抒情诗，在讽刺文学中也有相当地位。著有《讽刺诗集》，代表作是《愤怒的奥兰多》，还有若干喜剧作品。

⑥ 罗马帝国屋大维时期的重要诗人。其代表作有《变形记》《爱情诗》《爱的艺术》，以及《岁时记》等。

情超乎我的认知，还有些事情远非我所长。我就这类事情发表观点，是为了展现自己视野的广博，而不是为了对它们做出评判。我在读柏拉图①的《阿克西奥库斯》时觉得非常扫兴，因为我觉得对于这样一位作者来说，这部作品太过苍白无力了，我甚至对自己的判断力产生了怀疑：在面对诸多被它敬为师长的古圣先贤的观点之时，我的判断力不够坚定，不敢反抗权威，反而宁愿将错就错……我也只能责怪自己，责怪自己流于事物的表面而不能深入根本，或者责怪自己看问题的角度不对。只要不身陷于困惑和极端，所谓的判断力便感到满足了；至于本身的弱点，我也乐于承认和忏悔。我也想要按照自身判断来对表象做出正确的解读，但奈何能力太过薄弱，不够完善。比如，伊索②

---

① 古希腊伟大的哲学家，也是整个西方文化中最伟大的哲学家和思想家之一。柏拉图和老师苏格拉底、学生亚里士多德并称为"希腊三贤"。他创造或发展的概念包括：柏拉图思想、柏拉图主义、柏拉图式爱情等。柏拉图于公元前385年左右，在雅典西北郊原祭祀古代英雄阿卡德米的运动场建立了学校，通过数学、天文学、音乐理论和哲学的训练，为当时的希腊城邦培养治国人才。柏拉图的直接继承者们在研究哲学的同时，在数学和天文学方面做出了重大贡献，形成了古希腊四大哲学学派之一的学园派。

② 古希腊著名的哲学家、文学家，与克雷洛夫、拉·封丹和戈特霍尔德·埃夫莱姆·莱辛并称世界四大寓言家。

的大多数寓言都具有多重意义和可供解读的视角。把它们当作神话看的读者都会选择从契合寓言的视角加以解读，但对其中大多数寓言而言，那仅仅是一个初步的、肤浅的认识，它们还具有更为生动、更为本质、更为深刻的内涵，但那些读者却不能深入领悟。而我所做的，也和他们一样。

还是沿着我的思路继续说吧。我一直觉得，在诗歌领域，维吉尔[①]、卢克莱修[②]、卡图卢斯[③]和贺拉斯[④]都是遥遥领先于其他人的一流诗人。尤其是维吉尔的《农事诗》在我看来是最完美的诗作；将《埃涅阿斯纪》与之比较不难看

[①] 古罗马诗人。他开创了一种新型的史诗，使史诗脱离了在官廷或民间集会上说唱的口头文学传统和集体性，为诗歌注入了新的内容，赋予了它新的风格，产生了深远的影响。维吉尔的主要作品有《牧歌》《农事诗》和《埃涅阿斯纪》，富有历史感和思想的成熟性。

[②] 罗马共和国末期的诗人和哲学家，其哲学长诗《物性论》系统地宣传和保存了伊壁鸠鲁的学说。

[③] 古罗马诗人，传下116首诗，包括神话诗、爱情诗、时评短诗和各种幽默小诗，受到广泛阅读并影响了一代代诗人。

[④] 罗马帝国屋大维时期著名的诗人、批评家、翻译家，是古罗马文学"黄金时代"的代表之一，与维吉尔、奥维德并称为"古罗马三大诗人"。其诗歌作品有《讽刺诗集》《长短句集》《歌集》《世纪之歌》《书札》等。

出，他若是有时间，一定会对后者再做一些润色。我认为《埃涅阿斯纪》的第五卷是最成功的。我也喜欢卢坎①,非常乐意读他的作品，不仅喜欢他的文笔，更喜欢他本身的价值观、中肯的观点和敏锐的判断。

　　而中正的泰伦提乌斯②尽得拉丁语的细腻优雅之妙，我钦佩他刻画心灵活动和描绘人物特征的手法，每每看到人们的日常举止就禁不住联想到他。他的书，我读多少遍都不会厌，总能从他的作品中读出新的美好和优雅。维吉尔时代的人们常常抱怨有人把维吉尔与卢克莱修相提并论。我也认为这样的比较是不公正的。但当我浸淫在卢克莱修最美好的诗篇中时，就很难认同他们的观点了……如果他们对这样的比较都表示愤怒，那他们要是知道今天的人们

----

① 罗马诗人，他最著名的著作是史诗《法萨卢斯内战》，描述恺撒与庞培之间的内战。这部史诗虽是未完成作品，却被誉为是维吉尔《埃涅阿斯纪》之外最伟大的拉丁文史诗。

② 古罗马喜剧作家。他一共写有6部剧本，全部保存下来，分别是《安德罗斯女子》《自责者》《阉奴》《福尔弥昂》《两兄弟》《婆母》。他的喜剧结构严谨，剧情发展自然，戏谑成分较少，语言是上流社会有教养阶层的口语，以其严肃、文雅的风格受到贵族文人的欢迎，对欧洲文艺复兴及之后的戏剧很有影响。莎士比亚、莫里哀等都曾受他影响。

还把阿里奥斯托和维吉尔相比又会做何反应？阿里奥斯托本人对此又会做何感想？

　　噢，这个粗鄙而又缺乏品位的时代！ [1]

　　我想，较之把卢克莱修与维吉尔相比的做法，古人对把普劳图斯与泰伦提乌斯并举（后者显然出色得多）的做法会更愤愤不平吧。泰伦提乌斯受人崇敬偏爱，很大程度上得益于这样一个事实，即古罗马雄辩之父 [2] 成天把他挂在嘴上，凌驾于一众诗人之上；此外，古罗马第一诗评家 [3] 对其同伴普劳图斯所做的评价更是助其声名远播。我注意到，当今那些掺和到喜剧创作中的人们（比如，那些意大利人便是个中好手）何其经常地从泰伦提乌斯或普劳图斯的作品中照搬来三四个话题便构建起自己的本子，他们还常常从薄伽丘那里抄来五六个故事拼凑成一出喜剧。他们之所以要这样堆砌材料，是因为他们担心自己的能力不够：

---

① 出自卡图卢斯的《短诗集》。

② "古罗马雄辩之父"指的是西塞罗。

③ "古罗马第一诗评家"指的是贺拉斯。

他们非得寻一块基石方能立足，既然没有能力来吸引大家的注意，那就只好搞搞笑了。而我说的这位泰伦提乌斯则与这群人相反：他的文笔完美瑰丽到令人忘怀，他的雅致细腻叫人陶醉。无论何时何地，他都令人愉悦。

灵动清澈，宛若流水。①

我们的整颗心灵都沉浸在他的魅力之中，无心兼顾故事所述。

这些思考将我进一步带向远方：我发现，古代的优秀诗人都对矫揉造作的文风避之唯恐不及。他们不仅不追求后来西班牙诗歌以及彼特拉克②流派的那种极度夸张的风格，就连几百年后几乎所有的诗作都用来装点门面的、那种较有分寸的效果也丝毫不能令他们心动。而且，任何一位公道的评论家都不会为这些古代诗人的选择感到遗憾。

———————————————

① 出自贺拉斯的《书札》。

② 意大利学者、诗人，文艺复兴第一个人文主义者，被誉为"文艺复兴之父"。彼特拉克以其十四行诗著称于世，为欧洲抒情诗的发展开辟了道路，后世人尊他为"诗圣"。他与但丁、薄伽丘齐名，并称"佛罗伦萨文学三杰"。

相较于马提亚尔①在自己每首诗末尾都加上几句锋芒毕露的点评的做法，评论家们显然无不更加欣赏卡图卢斯短诗的隽永品质和一以贯之的温和华美的风格。个中缘由，就在于我刚才所说的那个道理，用马提亚尔自己的话来说就是：

无须刻意说教：故事自有思想。②

这些古代的优秀诗人们不用搜肠刮肚，也不用装腔作势，就能打动人心；他们不用硬挠胳肢窝就能发出会心的微笑！还有一些诗人则必须倚仗外在的帮助：正因为他们自己思想贫瘠，所以只能靠多拉人头来凑数；正因为他们自己腿脚乏力，所以只好骑在马上……他们就像我们舞会上一些出身低微却满口贵族风范和礼仪的男士，明知自己达不到贵族的水准，只好拼命地蹦跶，像街头杂耍的小丑那样做出各种奇怪的动作来博取大家的注意。

---

① 罗马帝国诗人。他的代表作有《奇观》《隽语》等，这些作品通常为讽刺性短篇，现实地描述了当时罗马社会的复杂景象。
② 出自马提亚尔的《隽语》。

他们还像那些惺惺作态的女士，她们喜欢在舞会上跳那种卖弄风情的舞蹈，却不喜欢那种体现自然步伐和自身仪态的舞步。我曾经见过一些优秀的喜剧演员，他们就算只穿着日常的服装，只凭着正常的行为举止，就能通过其表演令他人体验到快乐。而学艺不佳、水平不高的喜剧演员要逗笑观众，就只好在脸上涂脂抹粉、穿上奇装异服、搔首弄姿、挤眉弄眼了。为了更好地说明我的观点，且拿《埃涅阿斯纪》和《愤怒的罗兰》这两部诗作来做个比较。前者从不迷失叙事的方向，好似振翼高飞的苍鹰自信地翱翔于高空。而后者总是从一个故事跳到另一个故事，就像飞飞停停的燕雀，从一个枝头跃向另一个枝头：它对自己的翅膀信心不足，只敢飞很短的距离；它随时都要落到地上歇一下，以免喘不上气乃至精疲力竭。

他只敢奔跑一小会儿。[1]

上面提及的这些作者，便是我在这些主题上的最爱。

我喜欢阅读的另一类书籍，它们在消遣之外略掺了一

---

[1] 出自维吉尔的《埃涅阿斯纪》。

点实用性。通过阅读此类书籍，我学会调节自己的行为和爱好。普鲁塔克（自从他的作品被译成法语，我就开始读他了）和塞涅卡的作品皆属此类。我觉得他俩都有一个值得称道的优点，那就是在他们的书中，所追求的知识都是以独立成篇的片段形式呈现的，不需要读者进行长时间研读，所以很合我的脾气。普鲁塔克的《传记集》和塞涅卡的《道德书简》尤其如此，堪称他们各自著述中最优秀且最实用的作品。阅读这两本书都不需要花费力气去钻研，可以随时打住，因为它们的各章内容并非前后衔接，而是彼此独立。

依大多数人的眼光来看，这两位作者颇为相似。命运令他们出生在差不多同一个世纪；他们都当过罗马皇帝的老师，都来自异国，都有钱有势。他们的教诲都非常简洁中肯，堪称哲学精华。普鲁塔克持重守恒，塞涅卡灵动活泼。塞涅卡不畏世俗眼光，拿起道德的武器去对抗软弱、恐惧等不良习气；但普鲁塔克似乎就没有在这些方面做出多大的努力，大概是因为他既不屑于急于求成，也不愿意时刻生活在戒备之中。普鲁塔克抱持的是柏拉图那般温和的观点，容易契合大众的思想；而塞涅卡推崇的是伊壁鸠鲁学派①和斯多葛学派②，所以他的观点与常人相去甚远。不过，我觉得对于个体来说，他的观点才更为实际可靠。从塞涅卡的作品中，可以看到他更屈服于当时皇帝们的暴政，

---

① 伊壁鸠鲁学派是古希腊唯物主义者和无神论哲学家伊壁鸠鲁（公元前341—公元前270年）创立的哲学派别，是古希腊四大哲学学派之一。伊壁鸠鲁的学说广泛传播于古希腊罗马世界，作为最有影响的哲学学派之一延续了4个世纪。罗马时，伊壁鸠鲁学派的著名代表有菲拉德谟和卢克莱修。伊壁鸠鲁学派认为并宣扬人死魂灭，这是人类思想史上的一大进步；同时提倡寻求快乐和幸福，但他们所主张的快乐绝非肉欲物质享受之乐，而是排除情感困扰后的心灵宁静之乐。伊壁鸠鲁学派生活简朴而又节制，目的就是要抵制奢侈生活对人身心的侵袭。

② 又称斯多葛主义，又译廊下学派，是古希腊四大哲学学派之一。从公元前3世纪哲学家芝诺（公元前333—公元前261年）创立该学派算起，斯多葛学派一直流行到公元2世纪的罗马时期，前后绵延500年之久，是古希腊流行时间最长的哲学学派之一。

由此，我认为他对那些刺杀恺撒①的壮士之谴责是迫于无奈；而普鲁塔克则自始至终都是自由的。塞涅卡的作品文笔细腻，充满思想的锋芒；普鲁塔克的作品则以内容见长。塞涅卡擅长鼓舞和煽动；普鲁塔克则善于给予和奖励。换言之，普鲁塔克引导着我们，而塞涅卡推动着我们。

至于西塞罗，其著述中能够为我所用的，就是那些谈论伦理哲学的作品。不过，坦率地讲（反正我已经突破了谨言慎行的界限，所以也没有什么可顾虑的了），他的写作方式，乃至他写的一切，都令我厌烦。因为他的作品大多充斥着对所论话题的介绍、定义、分类和词源考据。这种拖沓冗长的论题介绍扼杀了其作品的活力，令人摸不到实质。有时，我花了一个小时去读他的书——花一个小时读书对我来说是很长的时间了——然后努力地回想我从中汲

---

① 罗马共和国独裁官，史称恺撒大帝，又译盖厄斯·儒略·恺撒、加伊乌斯·朱利叶斯·恺撒等，罗马共和国末期杰出的军事统帅、政治家，并以其优越的才能成了罗马帝国的奠基者。恺撒出身贵族，历任财务官、祭司长、大法官、执政官、监察官、独裁官等职。公元前 60 年与庞培、克拉苏秘密结成前三头同盟，随后出任高卢总督，用 8 年时间征服了高卢全境（今法国一带），还袭击了日耳曼和不列颠。公元前 49 年，他率军占领罗马，打败庞培，集大权于一身，实行独裁统治。公元前 44 年 3 月 15 日，恺撒遭到布鲁图斯领导的元老院成员暗杀身亡。

取到了怎样的精华和养分，结果总是一场空，因为他还没有展开对自己观点的论证和对我所感兴趣的要点的推理。

就我而言，我想要的仅仅是变得更智慧，而不是变得更博学或更雄辩。所以，这些亚里士多德①式的逻辑展示都不合我的胃口。我希望作者一上来就亮明自己的结论：因为我早已充分了解何谓死亡、何谓欲望，见不得作者沉迷于对这些概念的条分缕析之中。我所急切寻求的，是能够帮助我面对死亡和欲望的扎实有效的推理论证。再高妙的语法运用，再精巧的遣词造句，对于我所寻求的目的来说也毫无意义。我要的是那种能够直击问题关键的推理论证，而西塞罗却总在兜圈子。他的这种推理论证较适用于课堂教学、律师陈述或牧师布道，听者乏了就悄悄地打个盹儿，一刻钟后醒过来还能轻轻松松地跟上说者的思路——面对

——————————

① 古希腊人，世界古代史上伟大的哲学家、科学家和教育家之一，堪称希腊哲学的集大成者。他是柏拉图的学生，亚历山大的老师。公元前335年，他在雅典办了一所叫吕克昂的学校，被称为逍遥学派，是古希腊四大哲学学派之一。马克思称亚里士多德是古希腊哲学家中最博学的人物，恩格斯称他是"古代的黑格尔"。作为百科全书式的科学家，亚里士多德几乎对每个学科都做出了贡献，其写作涉及伦理学、形而上学、心理学、经济学、神学、政治学、修辞学、自然科学、教育学、诗歌、风俗以及雅典法律。其著作构建了西方哲学第一个包罗道德、美学、逻辑、科学、政治和玄学的广泛系统。

法官时，不管自己有理还是没理，你都想要说服他；面对孩子时，你需要向他们交代与主题相关的一切背景知识，他们才能听明白你说的话……在面对诸如此类的人时，西塞罗的这种说话方式是必要的。

但是我不需要别人声嘶力竭地来提醒我集中注意力，不需要别人像传令官那样不厌其烦地对我反复大叫"听好了！"，或像古罗马人那样大吼"注意啦！"，我们则回以"鼓起勇气！"。这些话对我来说都毫无意义：我既已来之，就说明我准备好听你说话了，我不需要什么"开场白"来作为餐前的点心，也不需要谁来添点儿油加点儿醋……我就是愿意开门见山地直接吃主菜，那些配菜和佐料不仅不能助我开胃，反而会让我觉得疲累和乏味。

如今，对于圣人和权威，我们还有没有品头论足的权利？我想说有，我觉得柏拉图的对话录太过冗长了，以致言不达意；这个人本来有那么多好话题可说，却偏偏把那么多时间浪费在那些漫长而无益的铺垫上了，实在是可惜。我还要请大家原谅我的无知，因为我还想补充一句，我觉得柏拉图的文笔毫无任何美感可言。我所需要的是那种本身充满了学问的作品，而不是那种为了构建学问而写的书本。

普鲁塔克、塞涅卡、普林尼等人就完全不需要大喊

"注意啦！"，因为他们的读者在翻开其作品之前，就已经提醒过自己要集中注意力了；换言之，对于他们的读者来说，这样一种提醒已成为常态化的自觉，是一种自然而然的东西。

我也乐意阅读西塞罗的《致阿提库斯的书信》，不仅因为这部作品包含了许多与他那个时代的历史与事件相关的信息，更是为了从中探知他的个人情感。我早就说过，我对作者们的心灵世界及内心想法尤为好奇。因为通过他们流传于世间的文字，我们只能对他们的才华作出评判，却无从了解他们的生活方式，有时甚至连其生活经历都无从知晓。

布鲁图斯①论述美德的著作未能留传下来，实在令人遗憾。因为若能了解真正践行美德的人对于美德的思考，那是何等美事！不过，善于行动者不一定善于言辞，所以阅读普鲁塔克讲述的布鲁图斯，和阅读布鲁图斯讲述的自己，可能同样愉快。最令我感兴趣的，不是开战之日他站在军前的训话，而是大战前夕他在营帐中与亲随的密谈；相较于他面对公众或在元老院中发表的演说，我更愿意倾听他

---

① 又译布鲁图、布鲁特斯，晚期罗马共和国的一名元老院议员。作为坚定的共和派，布鲁图斯联合部分元老参与了刺杀恺撒的行动。

在自己书房和卧室中的谈话。

至于西塞罗，我和大众的看法一致：除却颇有学识之外，这个人其实乏善可陈。和许多胖硕开朗的男人一样，他是一个生性宽厚的好公民。但实话实说，他有时也很软弱、虚荣、贪婪。我不能原谅他的一点，就是他竟然好意思发表了自己的诗集。诗写得糟糕并不是什么大错，但察觉不到这样的诗作有辱自己的盛名就是大错特错了。当然，就辩才而言，西塞罗无与伦比，我甚至认为永远都不会有人能与他比肩。

西塞罗的儿子小西塞罗除了姓氏，和他毫无相似之处。小西塞罗曾经率军在亚洲征战。一日，他看到饭桌上坐着几个外人，其中有一个名叫克斯提乌斯的坐在了下席，以前的人到大户人家做客就常坐在那个位置。小西塞罗向仆人询问此人是谁，仆人便报告了该人的姓名；但他心里想着别的事情，忘记了仆人答了什么，就又问了两三遍。仆人不想反复回答同样的问题，又想让他加深对那人的印象，便对他说："那位就是我们跟您提起过的克斯提乌斯，他觉得尊父的辩才与他相比不值一提。"小西塞罗闻言勃然大怒，命令手下将可怜的克斯提乌斯捉住，当场狠狠地鞭打了一顿。这样的待客之道可真叫人消受不起！

即便在那些几经考量后仍认定西塞罗的辩才无与伦比的人中，也有人不忘指出其演说中的错误。比如他的朋友、伟大的布鲁图斯就说过西塞罗的某些演说"支离破碎"。与他同时代的一些演说家也曾批评他有一种古怪的癖好，就是总喜欢在使用冗长的节奏组来收尾，并常常会用到"看来好像"这几个字眼。就我本人而言，我比较喜欢用简短且抑扬顿挫的节奏组来收尾。有时，西塞罗也能调配出不错的节律，但相当罕见，比如那句掷地有声、振聋发聩的"窃以为，与其早衰，弗若早死"。[①]

我还特别喜欢历史学家的作品，因为它们读来轻松，令人愉悦，且对于我所探索的普遍人性，对于人们内心丰富的真情实感、人与他者交往的不同方式以及人所遭遇的种种威胁，历史学家们的描绘刻画，无论在整体上还是在细节上，都比其他人的作品更入木三分。在书写人物生平时，这些作品不只是记叙人物经历的事件，更注重人物对事件的思考，不只是描述人物所处的外在环境，更着力刻画人物的内心活动：实在合我心意。而这也恰是我钟爱普鲁塔克的根由。非常遗憾的是，世上没能多一些像第欧根

[①] 出自西塞罗的《论老年》。

尼·拉尔修①那样的作者；同样遗憾的是，第欧根尼·拉尔修没能再多写一点，也没能写得再深入一点；对于那些被世人尊为典范的大师们，我所感兴趣的不仅是他们各自的观点和思想，还有他们真实的生活状态。

如果想要研究这类历史，就必须广泛阅读不同时代不同作者用法语或其他语言写作的作品，从中了解他们各自对各个历史事件的解读。不过，我觉得，不论出于研究历史的目的，抑或出于对这个人物本身的兴趣，恺撒都尤其值得研究。因为此人之优秀，此人之勇毅超乎众人之上——包括撒路斯提乌斯在内。自然，我在阅读恺撒的作品时就比阅读人文著作时多了几分尊重和恭敬。我既仰慕恺撒的作为、超凡的人格，也钦佩他那无人能够效仿的纯粹而文雅的语言。恺撒的语言造诣不仅像西塞罗所说的那样超越了一切历史学家——甚至可能还超越了西塞罗本人！在提及自己的敌人时，恺撒也总是充满了真诚，以至于我觉得，如果抛开他为了掩饰罪恶动机和勃勃野心而说的那些谎言不谈，那么他唯一可以被人批评的，就是他在论及自己时

① 罗马帝国时代的古希腊哲学史家，编有古希腊哲学史料《名哲言行录》，共10卷，为后世保存了大量前代资料。蒙田是该书的热情读者之一。

太过低调谦逊。因为他所付出的努力远比他让人们看到的要多得多，否则他便不可能成就诸多伟业。

　　我喜欢历史学家，无论他们的水平是普通还是优秀。那些老老实实从事历史研究的人不会把自己所以为的东西掺杂到作品中去，他们只会细心勤勉地把所获得的信息汇集，不加筛选，原原本本地记录，而把判断真伪的权利交给读者。傅华萨[①]便是这样一位老老实实做研究的作者，只要有人向他指出他在哪里犯了一个错误，他都会毫不犹豫地承认并当场加以改正。幸而有他，我们才得以了解在那个时代的种种流言传闻与道听途说。而这正是研究历史所需要的素材，真实且未经修饰：每个人都可以凭着自己的智慧对其加以利用。

　　真正优秀的历史学家则有能力抉择哪些信息应当告诉大家。他们能从别人提供的两份报告中分辨出哪一份更加接近事实真相。他们能根据王侯将相各自的行为习惯和性格特点推断出他们行事的意图，他们在什么样的情境下可能会说什么样的话。他们有充分的理据说服我们采信他们

---

① 14世纪法国著名的编年史作家。其《闻见录》是欧洲封建时代最重要和最详尽的文献材料。

的观点。当然，这样杰出的历史学家并不多。

而介乎上述两类历史学家之间，还有最为常见的一类人，他们总是把一切都搞得一团糟。他们总是想要越俎代庖，他们总是擅自替我们做判断，他们总是按照自己相信的观点去扭曲历史。要知道，他们的判断既已倾向于某一方的立场，那么就只能顺着这个扭曲的角度去调校对历史的叙述。所以他们苦心孤诣所做的，就是挑出哪些是可以告诉我们的事情，并隐瞒一些原本可能帮助我们更好地了解事实真相的言辞或行动。对于自己理解不了的事情，他们便将其当作不可信的信息规避掉；更有甚者，他们还可能因为觉得难以用优美的拉丁语或法语来进行表述而回避掉一些话题；想要显摆自己的辩才和逻辑就显摆去吧，想要按照自己的观点去做判断就这么做去吧，这些都不要紧，但是请为读者们保留一些让我们自己做判断的余地，请不要凭借片面的选择和剪接对历史材料进行编造或抹煞，请恢复历史的本来面目，并将它完完整整地、原原本本地交给我们吧。（最值得推荐的历史学家，要么是亲身参与过自己所讲述的事件的人，要么是与那些事件的领导者关系密切的人，因为他们才是真正了解自己所讲述的事件的人。）

通常，讲述历史之人之所以能从普通民众中脱颖而出，被选中担当这一职责，仅仅是因为他们能说会道，好像对于历史作品，大家更看重的只是它们的语言水平一样！当今时代尤其如此。所以，这些人只在乎自己作品的语言表达，这也是有道理的。因为他们本来就是凭借自己的语言水平端起这个饭碗的，本来就是专门出卖自己的如簧巧舌的。他们所做的，就是用他们的漂亮话把从街头巷尾搜罗来的传闻制作成一块精美的蛋糕摆到我们面前。

真正有价值的历史作品，是那些"知事者"所写的作品。这里所谓的"知事者"，指的是亲身参与主导了某一事件发展的人，或者至少是有机会主导其他同类型事件的人。古希腊、古罗马的历史著作几乎皆属此类。因为对于同一事件，常常有好几个见证人所写的作品加以记述（这在那个时代屡见不鲜，因为在当时，权力和学识常常汇集在同样一群人身上），所以即便他们的叙述存在错误，也只可能是极其细微的差错，而且也只可能出现在某些极为隐秘的细节上。（另外，即使他们并没有都亲眼见证过自己讲述的事件，也至少经历过类似的情境，这就大大提高了他们所做判断的可信度。）

要是让一位医生来记述一场战争，或是让一个书生来叙说帝王的宏大志向，那会怎么样呢？我可以仅举一个例子就反映出古罗马人在这个问题上的严谨态度。阿西尼乌斯·波里奥 [①] 曾在恺撒本人的著述中发现过一处错误。恺撒出错的原因，可能是他并没有亲自面面俱到地检视其军队，而受命行事的人未经充分核实就向他做了汇报，也可能是因为他的副官们在向其报告自己所领导的行动时，表述得不够准确。由此可见，探求真相何其不易。就拿对一场战役的讲述来说吧，连亲自指挥了这场战役的人对它的认知都不一定可信；指挥官对于战役的陈述也不一定比参战士兵的说法更加可靠。除非像在法庭调查中那样，对不同的见证人进行交叉质证，方能接受他们为各个事件及其细节提供的证言。事实上，我们对自己事情的了解都达不到如此清晰准确。不过，关于这一点，博丹 [②] 早已做过充分的探讨，且与我对于这个问题的思考完全一致。

　　一段时间以来，为补救记忆力的不足和缺陷（它的不

---

① 简称为波里奥或者波利奥，罗马共和国后期至罗马帝国初期著名的军人、政治家、作家、演说家、历史学家，对古罗马文化的传承做出过贡献。

② 16世纪法国政治思想家、法学家，近代资产阶级主权学说的创始人，近代西方最著名的宪政专家。让·博丹一生除致力于政治学和法学研究外，对古希腊哲学、占星学、地理学及物理学、医学均造诣深厚。

足和缺陷实在是太大了，有好几次，当我拿起一本几年前仔细阅读过的书，且每页上都布满了我自己做的标注，却感觉它对我来说是完全陌生的一本新书），我养成了在每本书的末尾——尤其是在那些我不想只读一遍的书的末尾——注上我读完它的日期及我对它的整体评价，以便帮助自己至少回想起在阅读过程中对该书作者形成的印象和总体看法。下面，我就将我做的这些评注摘录几段于此。

这一段是我大约10年前在读吉沙尔丹①的书时写下的评注（无论我读的书是用什么语言写就的，我在谈论它们时都只使用我的母语）：

这是一位认真尽责的史官。我认为，与其他人的作品相比，他的作品能够使我们更准确地了解他那个时代有关事件的真相。这是因为他本人深度参与了其中大多数事件。他好像并没有因自己的好恶或虚荣来歪曲事实：从他对权贵们，尤其是对包括教皇克雷芒七世②在内的那些曾经提拔

_____

① 15 世纪法国的一位历史学家、作家，著有《意大利战争史》等。
② 天主教教皇。他于 1513—1523 年担任红衣主教，1523—1534 年担任教皇。

他的人所发表的自由评论来看，这一点是可以确信的。至于他最想在书中自我卖弄的那一部分，也就是他的高谈阔论和推理品评，其中一些写得还不错，文笔也很好，只不过显得有些过于自鸣得意。这或是因为他在处理这样一个宏大厚重的主题时不想留下任何话柄，所以反而变得含糊其词，乃至让人觉得有些不知所云了。

我还注意到，他评论了这么多人物和事件、这么多功绩和伟业，却从来不肯承认其中任何一个是符合美德、教义或良知的。仿佛美德、教义、良知这些品质已从世间消失殆尽了似的。无论我们觉得哪一项行动有多么美好，他总是要将其归因到某种庸俗的动机或利益的计算上。无法想象，在他评说的这难以计数的行动中竟然没有一件是出于公道正义的。任何腐败都不可能泛滥到没有一个清白的人的程度。我觉得，这恐怕反倒印证了他的判断力存在缺陷：或许他就是在以己度人？

我在菲利普·德·科米纳①的著作上写下的是这样一段

---

① 文艺复兴时期欧洲弗兰德尔历史学家。他所著的法国君主时代编年史《回忆录》于1524年出版，有助于了解早期文艺复兴时期的法国。

评论：

您会发现，这本书的语言柔和愉悦、简洁自然，叙事毫不做作，从中充分反映出作者的诚实可信。他在提到自己时决无虚荣炫耀，在谈及他人时也从不谄媚或贬损。他的思考和劝诫不仅充满了渊博的学识，更充盈着热情和真诚。他的书里，字里行间都洋溢着一个出身良好家庭且承担天命大任的人所特有的那种威信和持重。

而在杜·贝莱[①]先生的回忆录上，我写下了这样一段话：

阅读这种总想努力地把事情做好的人写的东西，总是很愉快的。不过，不可否认的是，创作这部作品的两位先生在写作的坦诚度和自由度方面存在重大缺失。而坦诚和自由恰恰是与他们从事同类型作品创作的前

---

① 16 世纪法国诗人，七星诗社重要成员，主要诗集有《罗马怀古》和《悔恨集》。

辈作者们身上的闪光点。比如圣路易^①的故交茹安维尔爵士^②、查理曼^③的臣相艾因哈德^④，以及更近一些的菲利

①法兰西王国卡佩王朝第十一位国王(1226—1270年在位)。在位期间，路易九世进行司法、货币和军事改革，加强并巩固中央集权，发展文化和艺术，使卡佩王朝达到鼎盛时期。因其执法公正、信仰虔诚，并接连发动两次十字军东侵，故在死后不久便被追封为圣徒。后世称其为"圣路易"，称其统治时期为"圣路易的黄金时代"。

②法国编年史家。1248年参加十字军东侵，随法国国王路易九世远征埃及，与路易九世一起被俘，赎出后一起去了叙利亚，成了路易九世的密友和顾问。

③或称为查理大帝（"曼"即大帝之意）。法兰克王国加洛林王朝国王（768—814年在位），查理曼帝国建立者。800年，被教皇利奥三世加冕为"罗马人的皇帝"。806年，查理曼预立遗嘱，把帝国平分给三个儿子查理、丕平和虔诚者路易。查理曼在行政、司法、军事制度及经济生产等方面都有杰出建树，并大力发展文化教育事业。是他引入了欧洲文明，将文化重心从地中海希腊一带转移至欧洲莱茵河附近，被后世认为是欧洲历史上最重要的统治者之一，享有"欧洲之父"的荣誉。

④法兰克王国历史学家、政治活动家，是法兰克王国、也是中世纪欧洲最著名的传记家，是查理曼帝国时期所谓加洛林文艺复兴的代表人物之一。794年，他开始做查理曼的侍从秘书，后一直是这位皇帝的重臣和密友，得以参与各项政事。查理曼逝世后，艾因哈德追念这位皇帝的"丰功伟绩"以及对他个人的恩宠，乃模仿罗马历史学家苏维托尼乌斯的笔法写了一部《查理大帝传》。该书具有一定的史料价值，是世界历史文库中的要籍之一。

普·德·科米纳，皆是如此。然而这部回忆录让人感觉不像是在叙述历史，反而是一味地为与神圣罗马帝国皇帝查理五世①相争的法国国王弗朗索瓦一世②进行辩护。我不愿意相信他们对任何基本事实做过篡改，但他们精通误导读者判断力之道，比如向我们优先提供一些违反常理的史料，并隐匿一切可能令人对他们的国王的生活产生非议的信息。

---

① 神圣罗马帝国哈布斯堡王朝皇帝（1520—1556 年在位），尼德兰君主（1506—1555 年在位），德意志国王（1519—1556 年在位），西班牙哈布斯堡王朝首位国王（称卡洛斯一世，1516—1556 年在位），同时也是奥地利哈布斯堡王朝的一员。即位前通称奥地利的查理。作为西班牙国王，他在 1518 年重用航海家麦哲伦，出资帮助其进行环球航行，扩大了西属美洲的殖民地，使西班牙成为当时的海上霸主。为扩大帝国统治范围，他先后和法兰西王国、奥斯曼帝国爆发战争，最终都获得胜利，使得西班牙帝国盛极一时。查理五世统治的领域包括西班牙（除本土外，还包括那不勒斯、撒丁岛、西西里岛和美洲殖民地）、奥地利、低地国家及名义上的神圣罗马帝国，还有非洲的突尼斯、奥兰等，跨越两个半球，被称为"日不落帝国"。查理五世利用社会矛盾，采取一系列改革措施，建立了统一的专制王权，使西班牙得以争霸于欧洲，其本人也成为 16 世纪欧洲最强大的君王之一。

② 法兰西瓦卢瓦王朝第九位国王（1515—1547 年在位）。即位前通常称昂古莱姆的弗朗索瓦，又称大鼻子弗朗索瓦、骑士国王，被视为开明的君主、多情的男子和文艺的庇护者，是法国历史上最著名也最受爱戴的国王之一。在他统治时期，法国繁荣的文化达到了一个高潮。他和神圣罗马帝国皇帝查理五世是同时代人，也是一生的对手。

我这么说的证据：这本书遗忘了蒙莫朗西和布里翁之辱，对埃唐普夫人更是连名字都没有提及。对于历史上的秘密事件，历史学家可以隐去不谈；但对众所周知的事件保持沉默，尤其是对产生了如此重大公共后果的事件闭口不谈，那就是一个无可原谅的过错了。总之，请相信我，如果您想要完整地了解法国国王弗朗索瓦一世以及那个时代发生的事件，最好还是另寻他途吧。当然，这两位先生还讲述了他们亲身参加的一系列战役和战争行动以及朗热爵士领导谈判的情况，还是能令读者有所收获的：在这本书中，还是有许多值得了解的东西以及一些颇为独到的思考的。

论想象的力量

　　"强大的想象可能滋生事端"，见多识广的人都如是说。这些人对于想象的作用都有过深刻的体会，我也赞同他们的看法。对此，许多人都会感到惊讶，有些人甚至觉得愕然。其实，我自己就常常受到臆想的伤害，而又无力抵抗它，所以只好想方设法避免它。只要接触到快乐健康之人，我就会对生活充满信心；而一看到别人焦虑烦恼，我自己也会无端地焦虑烦恼。可见，我的感受常常来自他人的感受。身边要是有人咳嗽不止，我的喉咙也会痒起来。我不太愿意去探望那些出于责任而必须关心的病人，反而宁愿探望那些和我没有多大关系，所以我也不那么在乎的病人；

否则，我就会把看到的病痛想象成自己的，使自己也生起病来。可见，任由乃至放纵自己的想象恣意妄为，到头来因为这种臆想而头疼脑热甚至发病死亡，实不足为奇。

西蒙·托马斯是一代名医。我记得有一天，他到图卢兹一位富有而年老的肺病患者家讨论治疗方案时正好遇到了我。西蒙·托马斯告诉患者说，其中的一种治疗手段就是请我当陪护，因为患者只要眼睛里看到青春的面容、精神上感受到少年的气息和活力，把各种感官都沉浸到当年的我所处的蓬勃状态之中，那么他的病情就能因而改善。可他忘记说的是，如果那样做的话，我的健康就难免受到损害了！

加卢斯·维比乌斯绞尽脑汁想要搞清楚疯狂的本质与表现，乃至于弄丢了自己的判断力，再也找不回来，就这样成了一个因为太过聪明而发疯的个例。还有一些人，就是因为心生惊惧惶恐，反而抢在刽子手之前送掉了自己的性命。比如有这样一个人被押上了断头台，正当人们为他松绑并向他宣读赦免令之时，那人竟直直地倒在地上死了；他是被自己心里可怕的想象吓死的。在想象的摆布下，人会出现冒汗、颤抖、脸色发白或发红的反应；躺卧休息之时，人还会感觉到自己的身体随着想象的起伏而躁动不安，有时甚至还会激动到喘不过气来。

血气方刚的年轻人在睡觉时就很容易躁动，用幻想来满足自己的性欲。

恍惚之间雨覆云翻，

玉露喷溅污了衣衫。①

一夜之间头上长出角来，虽然谈不上有多么新奇，但意大利国王西普斯遭遇的这件事情还是值得一说的。他酷爱斗牛，一天白天参加了一场斗牛比赛，到了晚上做梦梦到的都是自己头上长角，结果就在这种想象力的作用下头上真的长出了角来。还有克罗伊斯②的儿子，本来天生哑巴，但在看到父亲陷入将死的险境之时，在激动情绪的作用之下竟然获得了说话的能力。

---

① 出自卢克莱修的《物性论》。

② 吕底亚王国最后一位君主。

安条克①被继母斯特拉托妮可的美貌深深地打动，相思成疾。普林尼说自己亲眼见到卢修斯·科西提乌斯在新婚之日从女人变成了男人。彭塔努斯等人还说过，过去几百年，在意大利也出现过几次类似的变性事件。比如，在自己和母亲强烈愿望的作用下——

　　伊菲斯实现了儿时就有的要当女人的心愿。②

　　在路过维特里－勒弗朗索瓦时，我见到了一个被苏瓦松主教正名为杰尔曼的男人。当地居民都认识他，都知道他在22岁之前一直都是一个名叫玛丽的女孩。我见到他时，他满脸胡须，容貌苍老，仍然未婚。他告诉我说，他是在一次用力跳跃的时候，从下体内一下子甩出来了一副男

---

① 塞琉古帝国塞琉西王朝的国王。他是塞琉古一世和前任王后阿帕玛所生的王子，爱上了父亲新娶的王后斯特拉托妮可，但心中对这种不伦的爱恋深感自责，乃至在相思和自责的双重折磨下食不下咽，身体渐渐衰弱,甚至产生殉情的念头。照顾安条克的医生察觉出异样，向塞琉古一世报告了此事。塞琉古一世为解救儿子的性命，于公元前294年让斯特拉托妮可与安条克成亲，并且同时宣布安条克为帝国东部的国王。

② 出自奥维德的《变形记》。

性器官。直到现在，村里的姑娘们都还在传唱一首歌谣，互相告诫走路时步子不要迈得太大，免得像玛丽·杰尔曼那样变成男人。这种事件频繁出现，其实也没什么可奇怪的，因为如果想象确有实现此事的能力，而一些人又持续地、强烈地将想象投向其上，那么为了避免总是受到同样一种执念的纠缠、同样一种欲望的煎熬，它就可能直截了当地让这些姑娘从体内长出男性器官来。

有人说，国王达戈拜尔 ① 和圣方济各 ② 脸上的疤痕也是拜想象所赐——达戈拜尔的疤痕是因为他担心自己得坏疽病而生出来的，而圣方济各的疤痕则是其冥想耶稣受难而产生的。还有人说，想象能使身体飘浮飞升起来。凯尔苏斯 ③ 说过，有一位修士能够做到灵魂出窍，让自己的身体长

---

① 法兰克王国墨洛温王朝国王（623—639 年在位）。

② 又称圣弗朗西斯科、亚西西的圣方济各或圣法兰西斯，天主教方济各会和方济各女修会的创始人。1228 年 7 月 16 日封圣，是动物、商人、天主教教会运动以及自然环境的守护圣人。1224 年 9 月，方济各禁食祷告四十天，求神赐他恩典，让他经历主受难的痛苦，并感受基督为世人舍命的爱。就在此期间出现异象，他的手、足与肋旁都出现了基督受难的标记"圣痕"。

③ 古罗马医学家，著有《医术》。

时间地处于既无呼吸亦无知觉的状态。圣奥古斯丁①则提到过另一个人，这人只要听到别人的哀号和抱怨就会昏厥过去丧失知觉，无论旁人怎么摇晃他、呼唤他、掐他，甚至用火灼烧他，都没有任何反应，直到最后自己苏醒过来。醒来之后，他总是说，在昏厥之中他能听到人们的声音，只是那些声音仿佛非常遥远，也能感觉到自己被烧灼、被拍打。有一点可以证明这人并非刻意假装昏厥，那就是他在昏厥之时没有脉搏和呼吸。

更合乎情理的解释是，人们之所以相信这类奇迹、魔法和异象的真实性，其实是想象的力量在作祟。因为想象主要是在精神世界中发生作用，而精神世界是比较容易受到影响的。只要对精神进行足够强烈的干预，人就会觉得自己看到了其实没有看到的东西。

据说，在想象的作用下，有的身患瘰疬的西班牙人一来到我们这儿就觉得自己的病好了；还有一些人来时是什

---

① 罗马帝国时期天主教思想家。著有《忏悔录》《论三位一体》《上帝之城》《论自由意志》《论美与适合》等。其思想影响了西方基督教教会和西方哲学的发展，并间接影响了整个西方基督教教会。

么样，回去时还是什么样。① 所以，这一类事情所讲究的就是一个"信则灵"。为什么医生们在开展治疗前总要努力地争取病人的信任，甚至不惜夸口一定能把他治好？不就是希望借助病人自身想象的效应来增强药物的疗效吗？医生们对此都心知肚明，而且他们这一行的一位前辈大医还曾经在著作中这样写道：有一些人，只要看到医生为其开出了药方，病就自然好了。

　　这样的怪事该作何解释？我先父的一个仆人最近给我讲述的一件事情给了我答案。这个仆人是个老实人，来自瑞士，瑞士应该说是一个积极而诚实的民族。他说他很久以前认识图卢兹的一位商人，体虚多病，长年受肾绞痛困扰②，常常需要用药物灌肠，所以总是请医生根据当时的症状给他开各种药物。家人把药给他买来后，该走的形式一步都不能少，他还常常用手碰碰看药煮得是不是太烫。之

---

① 据说，自从法国国王弗朗索瓦一世在西班牙被俘、获释返回法国后，就有许多西班牙人不辞辛苦地翻越比利牛斯山来到法国，目的就是要让这位法国国王摸一摸自己，因为他们相信他的手有治愈瘰疬的奇效。

② 蒙田本人也长年受到肾绞痛的困扰，所以他多次在《随笔集》中提到这种疾病。

后，他便躺下，翻过身去，所有的准备工作都就绪了——但从来不让人把药灌进他的体内！一套仪式走完，药剂师告辞离开，这位病人便像真的灌过肠那样静卧休息，竟和那些真正灌肠的病人一样能感觉到药物发生的效果。而如果医生认为效果不够充分的话，就会给他开方让他再做两三次这样的灌肠。我家的仆人说，为了省钱（他为此支付的费用和真正接受灌肠治疗是一样的），这位病人的妻子有一次就试着用温水代替药汤，结果露了马脚，完全起不到效果，只好又回到原来的办法上来。

有个女人在吃面包时以为自己不慎吞下了一只别针，顿时感觉到自己的喉咙被别针扎得疼痛难忍，还痛苦得哭喊起来。有个经验丰富的人在察看之后发现她的喉咙既没有发炎肿胀，也没有任何病变，就断定那只是她在吞咽时喉咙被一小块面包刮到而产生的错觉。于是，他让那女人呕吐，并偷偷地把一只扭曲的别针扔到她的呕吐物里。女人相信自己已经把别针吐出来了，一下子就不觉得疼了。

据我所知，有位绅士请了一群朋友到家里共进晚宴；过了三四天，他告诉他们说，他请他们所吃的肉糜是一只猫的肉。当然，他是在跟他们开玩笑，因为事实并非如此。但宾客中有一位女士听了他说的这话，顿时产生了极度的恶心，以至出现严重的胃疼和发热，最终不治身亡。其实，动物也和人一样会受到想象的左右。比如，狗在主人去世后会郁郁而亡。我们还看到过狗在睡梦中也会吠叫或四足乱刨，马睡觉时有时也会嘶鸣或挣动身体。

不过，以上所有这一切都可以归结为精神与身体之间存在着密切联系，所以精神与身体之间会产生相互影响。然而，我们还看到过另一种现象，那就是有的时候一个人的想象不仅对他自己的身体发生作用，还会影响到别人的身体。就像身患鼠疫、天花或可传染的眼疾的人会把自己身体的疾病传播给身边的人一样——

> 盯着眼疾患者的眼睛，自己的眼睛也会生病。
> 许多疾病都是这样在人与人之间传来传去。[①]

同样，情绪激烈的想象能够发射出足可射伤他人的利箭。古代的人们相信，有一些斯基泰女人若是对某个人生气发怒，只用目光就能将其杀死。乌龟和鸵鸟光是看看就

---

① 出自奥维德的《爱情诗》。

能下蛋，这证明它们的眼睛具备类似于射精的能力①。还有那些巫师术士，人们都说他们的目光凶险可怕且充满伤害力。

不知道是谁的目光魅惑了我那温柔的羔羊。②

我以为，巫师术士们所做的事情倒不一定是真的。但许多人在生活中都见过或听过这样的事情：有些女人在怀孕时心有所想，她们所想象的标识或特征就会烙印在腹中胎儿身上。比如，摩尔人就是这样出现的。③ 有人向波希米亚国王及神圣罗马帝国皇帝查理四世④进献了一名比萨地区的少女，那个女孩浑身长满了浓密的毛。她的母亲解释说，她之所以会长成这样，是因为怀孕时床顶上挂了圣徒施洗

---

① 蒙田在此提及的这种无稽之谈是照搬了老普林尼的说法。

② 出自维吉尔的《牧歌》。

③ 圣杰罗姆讲过一个荒诞的故事：一个白人女子因生下黑色皮肤的孩子（"摩尔"，Maure 或 More，意思是"黑人"）而被指责通奸，但希波克拉底解释说她之所以生出黑色孩子，只是因为她的卧室里挂了一幅黑种男人的画像。

④ 1347 年成为德意志国王，1355 年加冕为神圣罗马帝国皇帝。

约翰^①的一幅画像。

动物也是如此。比如雅各的羊群^②，再如生活在高山的山鹑和野兔在看到下雪时会变成白色。不久前，就在我家，一只猫直勾勾地盯着树上的一只鸟，它们的目光交会了片刻，那鸟就从树上跌落下来，葬身猫爪，要么是它因自己的想象而犯了糊涂，要么就是被猫的魅惑力所慑服。喜欢驯鹰的人都听说过这样一位驯鹰人的故事，据说，他经常跟别人打赌，他只要用眼睛死死地盯着在高天上盘旋的鸢，那鸢就会乖乖地自己降落到他身边的地上来，而他确实都做到了。

我在这里转述的故事是否真实，这要由它们的出处来负责。相关的评论是我做的，也都是以理性思考为证的，非建立在实际经验之上。每个人都可以为之填补上自己所了解的事例。在此，也希望不了解任何相关事例的人能够

---

① 施洗约翰是撒迦利亚和以利沙伯的儿子，因他宣讲悔改的洗礼，而且在约旦河为众人施洗，也为耶稣施洗，故得此别名。

②《圣经·创世纪》30 中说："雅各拿杨树、杏树、枫树的嫩枝，将皮剥成白纹，使枝子露出白的来，将剥了皮的枝子，对着羊群，插在饮羊的水沟里和水槽里，羊来喝的时候就牝牡配合。羊对着枝子配合，就生下有纹的、有点的、有斑的来。"

认识到这样的事情是可能存在的，毕竟世事纷繁复杂，无奇不有。

要是我所做的评说不够恰当，那么但愿有别人来替我评说。由于我在这里探讨的这个话题是与人的特性及情感相关的，所以把一些可能的、传闻的事例当作真事来采用了。无论这类事例是否发生过，无论其发生在罗马还是巴黎，也无论其发生在约翰身上还是皮耶尔身上，对我来说，这个事例只要可能发生于人间，我可以从这个故事中获得有用的信息就可以了。我看到了它，就直接或间接地加以利用。人们口头讲述的故事常常会有许多不同的版本，我所采用的通常是最稀罕、最值得记住的版本。有的作者写作的目的是为了讲述真实的事件。而我的目的，如果做得到的话，就是讲述那种有可能发生的事情……

在经院哲学中，如果缺乏相似性，是允许提出相似性的假设的。而我并不这么做，所以从这个角度来看，非常严格地说来，我超越了一切历史的真诚。对于我在这里引述的我所读到、听到、经历过或讲述过的事例，即便是最无关紧要的细枝末节我也绝没有做任何篡改；我自己在意识层面上没有丝毫造假——但我所知的事情本身有没有掺假，那我就不清楚了。

关于这一点，我有时会想到这样一些问题：由神学家或哲学家这类拥有少有的严谨的意识和学识的人来书写历史是不是合适？他们怎么可能依据老百姓的说法来做出表态？他们怎么能为他们所不了解的人的想法来负责，怎么能把包含着他们的主观臆断的东西当成货真价实的东西去推广？要是叫他们在法官面前宣誓，对他们自己亲身参与的许多事情来提供证言，他们一定会拒绝。因为他们对于任何一个人的认知，都没有达到可以令他们宣称对其所思所想了如指掌的程度。而我认为，书写过去的事情比书写现在的事情风险更小，因为作者在书写过去时，只需要汇报他从旁人那里引述的事实即可。

许多人敦促我写一写我们这个时代的事情，因为他们觉得我相较于其他人，在看待这些事情时比较不容易受到情绪的误导而发生偏差，而且由于我恰好和各方领袖都保持着关系，所以我可以做到比较接近真实。但他们不知道的是，就算把我吹捧成撒路斯提乌斯，我也不愿劳这个神，因为我就是任何义务、勤勉和毅力的死对头。再没有什么比宏大叙事更不符合我的风格的了：我常常会因为缺乏灵感而难以为继，也不懂如何有意义地安排叙事的结构和情节的发展，而在描述一些常见情形的方面，我的遣词造句能力还比不上一个孩童。

　　所以，我还是量力而行，说一些我会说的吧。要是让一个主题来引导我，我的尺度就很可能无法与之契合。我为人做事太过自由，一定会随心之所思所欲发表出一些在常人看来不合情理、值得讨伐的看法。在谈到自己的成就时，普鲁塔克一定会告诉我们：如果说他在作品中提到的事例都是真实的，那其实都是其他人的功劳；但如果说这些事例对于后世来说是有用的，且他呈现它们的方式为我们打开了通往美德的通道，那么这就是他自己的功劳了。因为记述过去的故事，毕竟和配制药剂不同，这样讲也好，那样说也罢，都没有什么危险。

论悲伤

对于悲伤这种感觉，我没有什么切身的体验。我既不喜欢它，也不欣赏它。但世人却像事先商量好了似的，全都同意给予悲伤一种独特的地位。他们为它披上贤良、美德与良心的外衣。这样的掩饰何其愚蠢、何其庸俗！意大利人把悲伤称作中邪，倒是更为恰切。因为悲伤就是一种充满伤害、充满疯狂的存在。斯多葛派则视之为怯懦卑污，禁止弟子陷入这种情感。

据说，埃及法老普萨美提克①战败后成了波斯国王冈比西斯②的阶下囚。和他一同被俘虏的女儿也沦为奴隶，一天被人叫去汲水，正巧从他面前经过。见此情形，他身边的心腹都悲声大作，痛哭起来，而他却注视着地面，默不作声。之后，他看到自己的儿子被拉去受刑，也是不为所动。但当他从俘虏的行列中看到自己一个仆人的身影，却以头抢地，痛苦非常。

我们的一位亲王近来的经历可与此类比。他在特朗特先是接到了承载着家族荣耀的长兄的死讯，随后又听闻了一个弟弟死去的噩耗，但他承受住了这两次打击，表现出了出奇的坚毅。不过，几天以后，当一名手下死亡的消息传来，在这最后一则不幸的讯息的打击下，他却意志崩溃，陷入痛苦和自责。于是，有人说，只有最后这一次打击才触动了他。然而真实的情况是，他本来就已经满心悲伤，

---

① 普萨美提克三世是古埃及第二十六王朝的最后一位法老。他的统治时间不足 6 个月，此后被波斯国王冈比西斯二世击败俘虏，在被带到苏萨之后被处死。

② 冈比西斯二世是波斯帝国阿契美尼德王朝的第二任皇帝，其父亲是阿契美尼德王朝的缔造者居鲁士大帝。公元前 525 年，冈比西斯二世率军击败埃及第二十六王朝末代法老普萨美提克三世，征服埃及，将波斯帝国的版图扩张至北非。

所以只要再来任何一点小小的打击都能一举击垮他的防线。

　　所以，我觉得这个故事与前面那一个可以相提并论。不过，前面那个故事还有这样一个后续：冈比西斯问普萨美提克为什么他对自己女儿及儿子的命运无动于衷，却不能承受一个朋友的遭遇。普萨美提克是这样回答的："只有最后这种痛苦是可以用眼泪表达出来的，而前两种痛苦是任何方式也表达不了的。"关于这一点，可能应该援引某位古代画家的一幅画作来加以佐证。画家在构思众人亲眼见证伊菲革涅亚①被献祭的画面时，想要表现出在场的每个人对于这位美丽而无辜的少女之死所感受到的不同程度的痛苦。为此，他已经穷尽了自己的艺术灵感，在画到少女的父亲时，就干脆采用了遮住面部的构图来表现他的悲伤。这样一种处理，仿佛也是在叙说一种任何表情都无以表达的悲痛。

---

① 伊菲革涅亚是古希腊神话传说人物，是阿伽门农和克吕泰涅斯特拉之长女。为平息狩猎女神阿耳忒弥斯的愤怒，阿伽门农将自己的女儿伊菲革涅亚献祭给她。

也正因如此，在诗人们的想象中，不幸的尼俄柏[1]先失七子后丧七女，无法承受此等伤痛，最终才会化作一块岩石——

　　因为痛苦而僵化成石。[2]

　　诗人们以此来表现人在突然遭遇超过自身承受能力的意外打击时所陷入的那种阴郁呆板、失语失聪的迟钝状态。

　　实际上，悲伤到了极点，就会攥住人的心灵，剥夺其做出反应的能力。所以，当我们得知一个非常糟糕的消息之时，有时就会觉得自己被扼住了，瘫痪了，好像动也动不了了；然后，当我们放声恸哭、高声怨艾起来，才好像得到了释放、解脱、松懈，才可以缓过劲来：

---

① 尼俄柏是古希腊神话传说人物。她是坦塔洛斯之女，底比斯王之妻。她为自己育有众多儿女而感到自豪，并嘲笑泰坦女神只生了一儿一女。作为惩罚，阿波罗和阿耳忒弥斯分别射死了她的儿子和女儿。她的丈夫因而自杀身亡，她自己也痛苦得泪流满面，变成了岩石。

② 出自奥维德的《变形记》。

痛苦终于松开了手，放行让悲声经过。①

国王斐迪南②讨伐匈牙利国王亚诺什③遗孀的战争期间，在布达附近展开了一场大混战。人们注意到有一位武士作战异常英勇。对于他的战死疆场，大家无不表示颂扬和惋惜，只不过没有一个人认识他。德国统帅拉伊西亚克也被他的勇猛打动，但也不知道他到底是谁。众人便把尸体抬了过来，卸掉了甲胄。拉伊西亚克好奇地走上前去察看，结果认出那竟是自己的儿子。此情此景令他的部下都悲伤不已，而他却一句话也没有说，连眉头也没有皱，只是僵立在那里，伤心地注视着那具尸体。最后，这伤痛压过了他的生命力，竟令他直挺挺地倒地而亡。

---

① 出自维吉尔的《埃涅阿斯纪》。

② 哈布斯堡王朝的奥地利大公和神圣罗马帝国皇帝，也是匈牙利和波希米亚的国王（1526—1564 年在位）。

③ 1526—1540 年间的匈牙利国王，又称"亚诺什一世"或"约翰一世"。扎波尧伊·亚诺什与奥地利大公斐迪南一世都宣称自己是匈牙利国王，是因为 1526 年匈牙利国王拉约什二世战死之后，匈牙利王国三分，斐迪南与亚诺什分别统治西北部的哈布斯堡匈牙利王国与东部的匈牙利东部王国。

要是还能说得出话来，那就是爱得不够热烈。①

恋人们在谈到那令他们不能自已的激情欢爱时都是这么说的。

看我多么地可怜，
失去了所有的感觉！
只要一见到你，
莱丝比，我就失去了理智，
我就不能言语。
我的舌头就僵住了，
手脚就像在被烈火炙烤，
我的耳朵也塞住了，
眼睛也被黑夜蒙住了。②

所以，一个人激动、兴奋到欢喜至极之时，并不是向他表达抱怨或进行劝导的合适时机：在这样的时刻，他的

---

① 出自彼特拉克的《歌集》。
② 出自卡图卢斯的《诗集》。

心灵本来就因为需要聚精会神而承担着巨大的压力，身体也因为激烈投入爱恋而疲累慵懒。

而且这么做的话，有时还会导致身体功能的丧失，给情到浓时的恋人带来不合时宜的打击：对于正在兴趣盎然的恋人来说，这不啻在炽热的烈火上浇下了一盆冰水。而所有在进行过程中还能说得出话来、还能互相评论两句的欢爱，其实都是索然无味的：

小怨聒噪，大怨无言。[①]

同样，突然降临的意外之喜也可能令人深感震惊。

一看到我操着特洛伊的武器出现在面前，
她就天旋地转、神情恍惚，
目光呆滞、脸色苍白、昏倒在地；
过了许久才说得出话来。[②]

---

① 出自塞涅卡的《希波吕图斯》。
② 出自维吉尔的《埃涅阿斯纪》。

曾经有一个罗马的妇人，突然看到自己参加坎尼会战的儿子回来了，激动到直接猝死。索福克勒斯①和暴君大狄奥尼修斯②都是高兴死的。身在科西嘉岛的塔尔瓦则是在得知罗马元老院授予他荣誉的好消息时兴奋而死。我们的时代也有这样的事情。比如教皇莱昂十世③在终于如愿以偿地听到米兰被攻克下来的消息时，开心到发起高烧，结果一命呜呼。还有一个更著名的案例证明了人类之愚蠢：据古人记载，辩证学家狄奥多罗斯④是由于羞愧难当而突然死亡的，原因是那天他在学生和众人面前没有能够驳倒别人对他观点的质疑。

　　而我却极少受到此类激烈情绪的支配。我本来天生就不敏感，且每天还在借助理性强化自己的铠甲。

---

① 和埃斯库罗斯以及欧里庇得斯并称为雅典三大悲剧作家。其代表作有《安提戈涅》《俄狄浦斯王》等。

② 或称狄奥尼修斯一世（公元前432—公元前367年），古希腊西西里岛叙拉古的僭主（公元前405—公元前367年在位）。

③ 原名若望·迪·洛伦佐·德·美第奇，出生于佛罗伦萨共和国，是洛伦佐·德·美第奇的第二个儿子。他早年是佛罗伦萨共和国的统治者，1513年当选教皇。

④ 古希腊麦加拉学派哲学家，出生于安纳托利亚的卡里亚雅苏斯，以其逻辑学上的杰出成就而为人所知。

论坚强

提倡坚决和坚强，并不意味着我们在面对伤害和困难的威胁时不需要尽可能地保护自己，也不意味着我们不可以害怕它们。相反，使用一切正当的方法来保障自己不受伤害，不仅是被允许的，且值得表扬。而坚持的真谛，主要在于勇敢地去承受那些无法规避的苦痛。所以，只要能保障我们抵御他人的打击，无论怎样腾挪闪躲或委曲求全，皆无可厚非。

一些非常好战的国家在实战中常常把逃跑当作制胜的关键策略，要知道把后背露给敌人可比面对面迎战敌人危险多了。土耳其人对此便颇有心得。据柏拉图记载，苏格拉底曾经对把"勇敢"定义为"面对敌人时要坚守阵地"的拉凯斯[1]大加嘲讽："什么？难道说先把阵地让给敌人，再歼灭之就是懦夫之举吗？"随后，他还引述了荷马[2]对精通逃跑之道的埃涅阿斯的赞美。

后来，当拉凯斯认识到自己的错误并承认斯基泰人乃至所有的骑兵都经常会在战斗中采用逃跑的策略之时，苏格拉底又给他举了一个斯巴达步兵（斯巴达人是一个一贯接受坚守阵地训练的民族）的例子：他们在普拉提亚战役中久久无法攻破波斯人的战阵，于是，想到分散后撤，让敌人以为他们在逃跑。这样一来，在波斯人发起追击时，他们就趁机打散波斯人的阵形，从而取得了胜利。

说到斯基泰人，据说大流士[3]在征伐之际，曾经派人

---

[1] 拉凯斯是公元前5世纪雅典的一位将领，于公元前418年在伯罗奔尼撒战争的曼提尼亚战役中战死。

[2] 相传为古希腊的吟游诗人，生于小亚细亚，失明，创作了史诗《伊利亚特》和《奥德赛》，两者统称《荷马史诗》。目前没有确切证据证明荷马的存在，所以也有人认为他是传说中被构造出来的人物。而关于《荷马史诗》，大多数学者认为是当时经过几个世纪口头流传的诗作的结晶。

[3] 即大流士大帝，波斯阿契美尼德帝国君主（公元前521—公元前485年在位）。

传话给斯基泰的王表达强烈的责备，因为他们面对他的讨伐只知一味退缩而避免交战。对此，因陀思尔塞答道：斯基泰人这么做并不是怕他，斯基泰人不惧怕任何活着的人；斯基泰人民的后退是他们的生存之道，因为他们既不耕作土地，也没有城市或房屋需要保卫，所以也不害怕被敌人抢走什么；不过，如果大流士真想要和斯基泰人决一死战的话，可以往他们祖先的墓地再逼近一步试试，到那时，他就能见识到自己是在和谁对话了。

不过，在炮战中，一旦自己的阵地成了敌方炮击的靶子（这在战争中是常有的事），出于害怕被击中而跑来跑去便不再合适了：炮弹的威力之猛、速度之快，想要躲开它根本不可能，可还是有些人会吓得抱头鼠窜，白白地成了同伴的笑柄。

皇帝查理五世发兵攻打我们的普罗旺斯时，古阿斯特侯爵到阿尔勒城侦察，当他从藏身的风车磨坊中走出时，被正在角斗场舞台上巡视的波纳瓦尔爵爷和阿热奈法官看到了。他们当即把他指给统领炮兵的维里耶爵爷看，后者便熟练地操起一架轻型长炮瞄准了他。幸而侯爵及时发现有人准备朝自己开火并机敏地纵身侧跳，否则必定会中弹身亡。

同样的情况发生在几年前：王后之父乌尔比诺公爵洛

伦佐·德·美第奇①在围攻意大利所谓"代牧之地"的蒙多尔福城时，看到有人正往一架瞄准着他的炮里装填火药，便像鸭子一样猛地低身缩头。他也是个十足的幸运儿，否则弹片就不只是削去他头顶的一小块头皮，而是正中他的胸膛了。

说实话，我不相信上述两人躲过枪炮的动作经过了深思熟虑……毕竟，面对如此突发状况，您如何能判断对方是在瞄着你的上身还是下身呢？更接近真相的说法，应是他们在恐惧之下做出的反应恰好得到了运气的嘉奖；如果换到另一个时机，如此动作可能非但不能帮助他们逃脱，反而会令他们进一步暴露在枪林弹雨之下。

如果在一个绝无理由预料到会响起枪声的地方，突然听见枪声，我一定会止不住地瑟瑟发抖；而我亦亲眼所见，许多比我勇敢的人的反应也和我一模一样。

即便是斯多葛派，也不曾要求他们的智者拥有强大到

---

① 意大利政治家，文艺复兴时期佛罗伦萨共和国的实际统治者。他是外交家、政治家，也是学者、艺术家和诗人的赞助者，被佛罗伦萨人称为"华丽者洛伦佐"。他生活的时代正是意大利文艺复兴的高潮期，他的逝世也意味着佛罗伦萨黄金时代的结束。他努力维持的意大利城邦间的和平也随着他的去世土崩瓦解。

能够在第一时间就对突发变故做出抵抗的心灵。他们也承认，在突然听到雷声轰鸣或突然目睹大厦坍塌之时，智者也会惊恐万分，甚至吓得脸色苍白、胸闷气短，这是一种自然的反应。不过，即使智者因为惊惧而出现其他反应，只要没有影响到他对事物的判断力与理解力，没有使他的逻辑推理能力受到损害、发生变质，且他也没有因所受的恐惧和痛苦而感到纠结，那么也都属于人的正常反应。至于并非智者的普通人，上述情况的前半部分也是适用的，后半部分则完全不同。因为对于普通人，恐惧情绪的效果不仅停留在表层，还会潜入其理智的中枢，引发进一步的腐坏与感染。于是，这个人便会屈从于情绪的支配，在其左右下对事物做出误判。下面这句话即清晰完整地展现了斯多葛派智者在这种情形之下的状态：

虽然眼里流着泪，但他的心并未屈服。[①]

换言之，逍遥的智者虽然也免不了受到情绪的干扰，但他能够控制住自己的情绪。

----

① 出自维吉尔的《埃涅阿斯纪》。

论害怕

我吓呆了，头发都竖了起来，
想说的话也噎在嗓子里说不出来。[①]

正如有人评价的那样，我算不上什么博识之士，所以也不懂害怕是通过什么样的机制作用于我们的。不过无论如何，害怕都是一种特别的感觉，就连医生们都说再没有别的什么感觉能像害怕那样干扰我们的判断力。确实如此，我曾亲眼见过一些人因害怕而发疯：即便是最为老成稳重

——————

① 出自维吉尔的《埃涅阿斯纪》。

之人，一旦陷入恐惧，脑海里也难免浮现出一些可怖的画面。我所说的可不是一般的普通人，普通人害怕时联想到的要么是死去的先人穿着寿衣从坟墓里爬出来，要么是狼人、鬼怪或妖魔。而我所说的是战士，他们本应该是最不受害怕影响的人。然而事实上，在惊惧慌乱之下，又有多少战士不曾把吃草的羊群错看成披甲的骑兵，把芦苇和毛竹错看成兵士与长枪，把友军误作了敌兵，把白十字误作了红十字①呢？

　　波旁公爵洗劫罗马②时，驻守圣彼得镇的一名旗手在听到警报响起之时吓得昏了头，手里擎着大旗便从城墙的缺口径直往外冲，直向敌军阵前奔去，心里还以为自己是在往城内跑。当他看到波旁公爵的队伍摆开阵势要来拦他，一开始竟还以为是守城的部队冲出来了，后来终于发现不

---

① 在十字军的历史上，白十字（红底白十字）是新教的标识，而红十字（白底红十字）是天主教的标识。

② 波旁公爵夏尔三世·德·波旁曾任法国王室统帅，后投奔神圣罗马帝国，担任米兰总督。1527年，他所统领的神圣罗马帝国军队因得不到应得的军饷而爆发哗变。军队司令波旁公爵带领他们向罗马进发，于1527年5月5日抵达罗马城墙下。5月6日，军队攻入梵蒂冈，但波旁公爵阵亡。部队陷入无纪律的放任状态，对罗马展开了劫掠。史称"罗马之劫"。

对，赶紧掉头往回跑，又从之前出来的墙洞钻了进去，来来回回狂奔了三百多步。

在布尔伯爵和罗伊殿下攻打我们的圣波尔镇时，守城的于勒上尉的旗手就没有那么幸运了。他惊慌失措地举着旗帜从炮台上冲出城去，结果被攻城的敌兵撕成了碎片。据当时的人们回忆，就是在那场围城之战中，还有一位贵族绅士虽然毫发未伤，却因为害怕得吓破了胆，直挺挺地倒在城墙的一处垛口边死了。

类似的惊惶的情绪甚至还会影响到整个集体。在日耳曼尼库斯①与日耳曼人的一场交战中，双方大军在惊恐之下都慌不择路地逃窜，结果都跑向了对方来袭的方向。

正如前面两例所述，害怕有的时候能令人奔跑如飞；不过，害怕有时反而会把人钉在原地动弹不得，就像史书上记载的罗马皇帝狄奥斐卢斯②。他在对阵阿加雷纳人的一

① 日耳曼尼库斯·尤利乌斯·恺撒是罗马帝国儒略－克劳狄王朝的成员，生前颇受爱戴。他的名字来自他的父亲在日耳曼尼亚立下的军功。他的伯父提贝里乌斯是罗马帝国的第二任皇帝，认他为养子和继承人，但他先于提贝里乌斯去世，未能成为皇帝。在提贝里乌斯死后，日耳曼尼库斯的儿子卡利古拉继位成为罗马帝国第三任皇帝。

② 东罗马拜占庭帝国皇帝（829—842 年在位）。

场战役中打了败仗，吓得呆立在原地，连要逃跑都忘记了，"惶遽不敢走"。① 幸而军中将领曼努埃尔赶到将其救下，为了让他恢复神志，便对他说道："陛下如果不随我逃走，我必定弑杀陛下；与其陛下被俘导致帝国崩溃，不如就让陛下一人丢掉性命。"

如果害怕把从我们的责任感和荣誉感处夺走的勇气交还，就意味着害怕已经达到了极点。在罗马人对汉尼拔②的第一场真正的败仗中，一支由执政官塞姆普洛尼乌斯指挥的1万多人的部队在极度恐慌之中，无从驱除恐惧，反而以命搏杀，冲入敌军阵中，斩杀了大量迦太基人：害怕既可以夺走人们本该胜利的荣光，同样也可以驱使人们抛却败逃的耻辱。所以我认为害怕本身最为可怕！因为它的痛苦程度超越了其他一切艰难的考验。

---

① 出自昆图斯－科丘斯的《亚历山大大帝传》。

② 北非古国迦太基的著名军事家。他成长的时代正逢罗马共和国的崛起，少时随父进军西班牙，并向父亲立下终身与罗马为敌的誓言。他自小接受严格且艰苦的军事锻炼，在军事及外交活动上有卓越表现。第二次布匿战争期间，汉尼拔作为迦太基主帅率6万大军穿过阿尔卑斯山入侵罗马本土，并在公元前216年的坎尼会战中大败罗马军团。

当庞培①的朋友们在他的战舰上亲眼看见那场可怖的屠戮之时②，还有什么样的感觉能比他们心头的滋味更叫人悲愤而又惨痛的呢？

不过，对于渐渐向他们逼近的埃及战船的恐惧迅速浇灭了他们心中的这种感觉。他们连忙催促水手全力划桨，全力逃命。直到抵达推罗，他们才安下心来，回想起自己刚刚遭受的失败，释放出被强大的恐惧压抑了许久的悲伤，哀号恸哭起来：

害怕夺走了我所有的感受。③

在战争中，那些在一场战役中历尽磨难的战士，即便受了伤、流着血，依旧可以投入第二天新的战斗中去。但

---

① 古罗马政治家和军事家。他在罗马由共和国过渡为帝国的过程中扮演了重要的角色。他早年是罗马独裁官苏拉的支持者，后来与恺撒成为政治盟友，但最终他们成了敌人。

② 指的是法萨卢斯战役，是公元前48年，以恺撒为首的平民派军队和以庞培为首的贵族共和派军队之间展开的罗马内战的决定性战役。恺撒在此役获胜，使其成了罗马共和国的实际最高统治者，罗马开始由共和国向帝国转变；而庞培败逃埃及，继而被杀。

③ 出自西塞罗的《图斯库鲁姆论辩集》。

那些对敌人心生畏惧的兵卒，就不要让他们去迎战敌军了！有的人一想到自己可能失去财产、遭受流放或被贬为奴隶就害怕不已，他们成天在焦虑中度日，乃至不思饮食、不能成眠；而那些真正的穷苦人、流亡者和奴隶反倒和常人一样活得快快乐乐。还有无数人因承受不了害怕的折磨而结绳自缢、投水自溺或跳楼自尽，都充分证明害怕比起死亡本身更令人痛苦、更难以忍受。

在希腊人的世界里还存在着另外一种害怕。他们说，那种害怕并不是人失去了判断力，也没有什么明显的缘由，而是源于神明的盛怒。它会在整个民族或整支军队中蔓延，曾令整个迦太基陷入极度绝望的，就是这种害怕。看，迦太基人像听到了什么警报一般争先恐后地从自己家里涌出，相互挤撞、相互搏斗、相互厮杀，仿佛有敌人混入企图占领其城市，人群骚动，一时间失去了秩序。直到最后，人们通过祈祷和祭祀才平息了众神的怒火。这种害怕，就叫作"群体恐慌"。

我们的头脑何以作茧自缚？

　　设想一下，当一个人在他同样想要的两个选项间摇摆不定时，这画面会多么有趣：可以肯定他永远也无法做出抉择，因为人的权衡与选择是以价值差异为基础的。这岂不是说，要是有人要求我们在很想品尝的一瓶美酒与同样想品尝的一块火腿间做出选择，那我们可能就只得饥渴而死吗？

　　基于这个难题，有人向斯多葛派学者发问，我们的头脑何以能对这样两个毫无差别的事物做出选择？而大部分情况下，尽管我们没有任何理由偏爱其中的任何一个，为什么我们还是会从中选出一个来呢？智者们的回答是，这是一种特殊的、不符合我们习惯的思维活动，来源于我们身上某种非正常的、意外的、偶然的冲动。

不过，我认为更确切地说，任何事物呈现在我们面前时，和别的事物都是有差别的，即使差别微乎其微；所以在看到或碰到它时，它总有什么特质是更吸引我们的，尽管我们也说不清那到底是什么。

同样，假定有一根绳子，绳子上任一点的强度完全相同，那么它就是绝对不可能断裂开来的，因为断裂能从哪一点开始呢？难道要从这条绳子上的所有点同时开始吗？实际上，这种情况是不可能自然发生的。

还有人纠结于这样一些几何命题——它们通过无可辩驳的证明得出结论，认为内容之物可能大于容器，又或者圆心可能和圆周一样大、存在着不断接近却永不相交的直线。也有人沉溺于点金之石和化圆为方这类因果对立的迷思之中。鉴于以上这些问题，我们大概就能明白普林尼何以大胆断言："这世上最确定之事莫过于不确定，最可悲且自大之物莫过于人。"①

---

① 蒙田曾让人把这句话的拉丁语原文刻在其书房的房梁上。

论良心

　　内战期间的某日，我和弟弟拉布鲁斯先生一起出行，遇到了一位英俊的绅士。那人是属于我们敌人那边的，但当时我们并不知道，因为他在言行上刻意掩饰了这一点。内战中最糟糕的一点，就是敌我混杂：无论从说话的方式，还是从行为的方式，你都无法一眼分辨对方是不是敌人，因为敌人和你讲的是同样的法律，有着和你一样的神态和习俗，所以要想避免混淆极其困难。而且正因如此，我也害怕在某个旁人不认识我的地方遇到我方自己的军队，因为那样的话，我还得自报家门，有时甚至还会引发一些更糟的状况……

一次，由于这种误解，我折损了一些人马，对方还杀掉了我精心培养的一个出身于意大利良家的骑士侍童。那孩子本来有着美好的童年和光明的前途，结果就这样殒灭了。还是接着说我们遇到的那位绅士吧。一路上他都显得惶惶不安，尤其是当我们遇到骑马的人或穿越国王占领的城镇时，我都发现他格外心虚。所以我最终猜到，他之所以会惊慌失措，都是良心使然。这个可怜的家伙想不明白，他的衣服上明明也有十字标识，我们如何就识破了他的伪装、读出了他的内心、看穿了他隐秘的意图？其实这便是良心的奇特功效：它会引导你背叛自己、谴责自己和打倒自己；就算你做的事情没有任何人看到，它也能给你制造出一个控诉你的目击证人——你自己！

它像刽子手拿着无形的鞭子抽打你。[1]

许多孩子都听说过这样一个故事：在佩奥尼亚有一个人名叫贝索斯，有人指责他为了寻开心而掏了一个鸟窝，还把里面的小麻雀全都杀死了。贝索斯回答说自己这么做

———————————

[1] 出自尤韦纳利斯的《讽刺作品集》。

是对的，因为这些小鸟一直在叽叽喳喳地诬告他杀了自己的爸爸。其实，在此之前，根本没有任何人知晓发生了这样一桩弑父案；结果，良心的复仇之火促使这个原本就该受惩罚的罪人自己揭发了自己的罪行。

柏拉图说过一句话："惩罚紧紧地跟随在罪错之后。"而赫西俄德①的说法："惩罚与罪错同时产生，惩罚在犯下罪行的那一刻就开始了。"任何将受惩罚之人都已然在接受着良心的惩罚，任何应受惩罚之人终将等来惩罚。人作的恶都会反过来伤到作恶的自己：

恶念于心怀恶念者尤恶。②

这就像胡蜂在刺伤别人时更加伤害的是它自己，因为在出刺伤人之际它就永远地失去了自己的刺和自己的生命！

---

① 古希腊诗人，可能生活在公元前 8 世纪，被称为"希腊教训诗之父"。
② 出自奥卢斯·格利乌斯的《阿提卡之夜》。

它们把命丢在了自己制造的伤口里。①

化解斑蝥毒的解毒素就在斑蝥身上，这是大自然矛盾对立法则的造化使然。同理，人因作恶而感到快乐的同时，对自身恶行的憎厌就会在他的良心里扎根，使他无论在清醒之时还是睡梦之中，都会受到这种憎厌滋生出的种种痛苦意念的折磨。

许多罪人自己告发了自己：
在睡梦中或发热谵妄之际，
在不经意之间吐出了实情，
泄露自己隐匿至今的罪行。②

阿波罗多洛斯③时常梦到自己被斯基泰人生生地剥了皮，放到一口大锅里烹煮，还梦到自己的心喃喃地对他说："我就是你的痛苦之源。"伊壁鸠鲁说过，坏人躲藏到哪里

---

① 出自维吉尔的《农事诗》。

② 出自卢克莱修的《物性论》。

③ 阿波罗多洛斯是塞琉古帝国安条克三世于公元前 220 年任命的苏萨地区总督。

都不管用，因为他们无法永远安心地躲藏下去，因为他们的良心自会暴露他们的形迹。

　　罪人必要遭受的第一道惩罚，
　　就是得不到自己良心的赦免。[1]

　　良心既能令人心生畏惧，也能令人充满安心和信心。我敢说我之所以能够步履坚定地踏入人生的众多险境，就是因为我内心坚信我的想法，坚信我之所图都清清白白。

　　良心会根据对你自己做出的评判，
　　或令你充满希望，或令你心惊胆寒。[2]

　　这样的例子有千千万万。我只消拿同一个人的三件事情来举例就足矣。

---

[1] 出自尤韦纳利斯的《讽刺作品集》。
[2] 出自奥维德的《岁时记》。

有一次，西庇阿①被人当着罗马人民的面指控犯了大错。他没有辩解，也没有向法官们求情，而是大声对他们说道："你们都是靠着我才掌管了审判的权力，你们倒是来拿我的人头试试看！"还有一次，面对着一位保民官对他提起的诉讼，他也不作申辩，而是说："我亲爱的同胞们，我们一起去向众神致谢吧，感谢祂们在历史上的今天让我战胜了迦太基人。"说完此话，他就迈开步伐；结果在场的众人，包括起诉他的那位，都跟随着他向神庙去了。

　　老加图曾经唆使佩提利乌斯向元老院提议核查在安条克省的开销账目。有备而来的西庇阿当众从长袍里拿出账本，在众人眼前晃了晃，宣称这个账本里详细记录了所有的收入和支出；但当元老们要求他将账本交给法庭时，他拒绝了，说这样做于他而言无异于羞辱。随后，他当着元老院众人的面，亲手把账本撕得粉碎。

　　西庇阿这样的人物虽然颇为冷酷无情，但我不相信他

---

① 古罗马统帅和政治家。于公元前 205 年和公元前 194 年两度担任执政官。他是第二次布匿战争中罗马方面的主要将领之一，以在扎马战役中打败迦太基统帅汉尼拔而著称于世。由于西庇阿的胜利，罗马人以绝对有利的条件结束了第二次布匿战争。西庇阿也因此被称为"征服非洲者"。

的这番表态是为了蒙混过关而虚张声势。正如提图斯·李维①所说，西庇阿的心灵生来就太过博大，又习惯了高贵的待遇，所以绝不齿于犯罪，也不可能屈尊去辩解自己的清白。

酷刑是一种危险的发明。它的存在，仿佛不是为了拷问事情的真相，反倒像是为了考验人的忍耐力。其实，人无论受不受得了酷刑，都有可能隐瞒真相。那么凭什么认定酷刑的痛苦就一定能让人说真话而不是假话呢？反之，如果清白的人能坚强到承受得住酷刑的折磨，为什么有罪的人就一定会承受不住呢？更何况，摆在他面前的诱惑就是只要承受下来，就能安全地活下去。我认为，发明酷刑的理由，是基于对良心发挥作用的考虑。因为就有罪之人而言，他在良心上的不安本来就令他意志薄弱，再加上酷刑的折磨，就可能促使他认罪悔罪；相反，对于清白之人，良心可能使他变得更加坚强，帮助他扛住所受之刑。不过事实上，酷刑是一种充满不确定的危险手段。为了躲过如

---

① 古罗马著名的历史学家，和撒路斯提乌斯及塔西佗并称为"罗马三大史学家"。他写过多部哲学和诗歌著作，但最出名的是他的历史巨著《罗马史》。李维还是卓越的拉丁文作家，在这方面与西塞罗及塔西佗齐名，同为创建拉丁文风的三位大师。

此可怕的痛苦折磨，人还有什么话说不出来，还有什么事做不出来？

　　痛苦能迫使清白之人开口说谎。[①]

　　为了不枉判死刑，有的法官会令被告接受"拷问"以辨明其是否清白，结果反倒致使一些清白之人在遭受酷刑之后无辜枉死。还有许多人被屈打成招！菲罗塔斯[②]就是其中我觉得值得一提的例子，从亚历山大大帝[③]使其接受审判的情形和对他动用的刑罚来看，他必是屈打成招无疑。

　　竟然有人宣称酷刑是软弱的人类能够发明的最不坏的东西……在我看来，它不人道也就罢了，而且毫无用处！在这个方面，有一些被希腊人和罗马人叫作蛮族的民族反

---

① 出自普布里乌斯·西鲁斯的《箴言》。

② 马其顿亚历山大大帝时期的将军。公元前330年，菲罗塔斯因被牵连进谋反事件，被亚历山大大帝处死。

③ 马其顿的亚历山大三世世称"亚历山大大帝"。他13岁时师从亚里士多德，在公元前336年20岁时继承马其顿王位，统治期间几乎都在进行大型军事征服活动，到30岁时已经建立起了疆域从亚得里亚海延伸至印度边界的庞大帝国。他在战场上从未被击败，被认为是历史上最伟大的将军之一。

倒没有那么"野蛮"，他们认为在一个人的罪错未经证实之前就使其遭受折磨乃至肢解是恐怖而残酷的。他如果真的什么都不知道，面对酷刑又能怎么办？以不枉杀为由，让人遭受比死还可怕的酷刑，这还不算不公正吗？要是问我说此话的证据何在，就请好好看看有多少人宁愿横死也不愿接受严刑拷问吧。酷刑比死刑本身更为痛苦，它常常超出人的忍耐极限，所以加快了受刑之人的死亡，有时甚至相当于对其提前执行死刑。

我记不得自己是在哪里看到了这样一则故事，但它的确反映了我们在司法上应有的良心。一位村妇来到身兼大法官一职的将军面前，向他控诉在军队的扫荡之后，有名士兵还抢走了她留给自己年幼孩子充饥的那点稀粥。但她没有证据啊！……将军严正警告妇人说话要三思，因为如果她撒谎的话，就要对自己的诬告负责。妇人坚持自己的说法，于是将军令人剖开那名士兵的肚肠以探明实情。结果证明妇人所说的确是真话。这项判决真的是发人深省！……

论愤怒

普鲁塔克总是值得钦佩的，尤其是在他对人类行为进行评判之时。他认为由父母自行负责教养自己孩子的这种做法过于轻率，为了说明这一点，他将吕库古①和努马②做了一番比较，道出许多箴言妙语。正如亚里士多德所说，

---

① 古希腊政治人物，为斯巴达的王族。他是传说中斯巴达政治改革、法律制度、教育制度及军事培训的创始人。传说他创建了斯巴达教育体系，由少年军事化单位负责抚养儿童。

② 罗马王政时期第二任国王。跟初代国王罗慕路斯通过发动战争以扩大罗马不同，努马在其 43 年的统治中没有进行过战争，而致力于充实内政。

世间多数国家都任由每个人像神话里的独眼巨人那样按照自己的主意和臆想去管教各自的妻儿。大概只有拉西第梦[1]和克里特这两个国家对关于如何教育孩子制定了法律。可是有谁不知道对孩子的抚养和教育关系到国家的一切呢？尽管如此，国家还是盲目地把这项重任托付给孩子的父母，也不管那些父母有多么愚蠢，多么凶恶。

每当我走在街头，看到因愤怒而失了分寸的狂躁父母在对自己的儿子施暴、虐打、戕害之时，心里就涌起一种冲动，想要想个法子为这些孩子们报仇！

我看到他们眼里喷着火，

他们的内心被怒火烧灼，

就像山巅上的庞然巨石，

突然松动轰然滚落山坡。[2]

---

[1] 古代希腊伯罗奔尼撒半岛东南拉哥尼亚的别称。斯巴达城邦国家发源地。

[2] 出自尤韦纳利斯的《讽刺作品集》。

（据希波克拉底①说，再没有比这类能令人失去常态的疾病更危险的了。）这些父母扯着嗓子发出雷霆咆哮，对着这些乳臭未干的幼小生命发泄怒火，令他们的身心都受到残害。而我们的司法却对此不以为然！仿佛遭遇如此欺凌和暴行的孩子不是我们社会的成员一般。

　　祖国和人民感谢你的功劳，

　　你为国家生下了一位公民，

　　愿你把他培养得能征善战，

　　既会打仗又善于创造和平。②

　　没有什么情绪比愤怒更能动摇人们对法律的信赖的了。对于因愤怒犯下死罪之人，法官应该判其死刑，这一点大概无人会质疑。那么，为什么要允许父母或学校的老师在愤怒之时鞭打体罚孩子呢？这已然不是"管教"了，这分

---

① 古希腊伯里克利时代的医师。在其所处的上古时代，医学很不发达，但他却能把医学与巫术及哲学分离开来，使之成为专业学科，并创立了以自己为名的医学学派，对古希腊医学发展贡献良多，故被后世尊称为"医学之父"。

② 出自尤韦纳利斯的《讽刺作品集》。

明是泄愤。对于孩子来说，惩罚是一剂良药，但我们真的能够容许愤怒的医生对自己的病人为所欲为吗？

就我们自己而言，要想行事周正的话，就决不应在愤怒之时对自己的仆从动手。只要觉得自己脉搏跳得厉害、心中充满愤怒，那就把此事押后处理：待到我们冷静下来、心平气和之时，就会发现许多事情存在着完全不同的面貌。这是因为在愤怒之时，是这种激情在主宰我们的灵魂，是这种激情在代替我们说话，而非我们自己。人在激愤中看到的错误被放大，就像透过迷雾看到的物体的轮廓会比实物更大一样。人饿了就一定要吃东西，可是动用惩罚手段的人又不是非动用惩罚不可。况且，在沉着冷静、明辨是非的状态下做出的惩罚更能令受罚之人甘愿接受，也更有效果。相反，如果惩罚是由一个狂躁暴怒的人发出的，那么受罚的人就会感到自己受到了不公正的处罚；他就会把自己的受罚归咎为主人行为失常、头脑发热、语无伦次和鲁莽失控。

他愤怒得脸庞肿胀，
血脉偾张，
眼里冒着火光，

胜似那蛇发女魔王。^①

据苏维托尼乌斯^②记载，恺乌斯·拉比留斯^③在受到恺撒的指控之时，之所以要向人民发出为他辩护的呼吁，就是因为恺撒在控诉他时表现得激愤而粗暴。

言传与身教是不同的两回事：一种是以言宣教，另一种则是以行传道。可如今，总有些人企图以教会人员存在着种种缺陷为由对我们的教义所宣扬的真理进行质疑。他们这么做是徒劳的。因为我们教义的证据本来就不在于此，所以他们所使用的这种论证方法既愚蠢又蹩脚，只能给大众造成思想上的混乱困惑。其实，道德高尚之人也可能持有错误的观点；而品德卑劣之徒也可能把真理挂在嘴上，尽管他所说的话连他自己都不相信。当然，如果能够做到言行一致，一切就能达到美妙和谐；有实际行动作为佐证，言语才能更加具有威信和说服力，这一点我也并不否认。

---

① 出自尤韦纳利斯的《讽刺作品集》。

② 罗马帝国时期历史学家。他最重要的现存作品是从恺撒到图密善的12位皇帝的传记，即《罗马十二帝王传》。

③ 罗马共和国的一位元老。他曾被控谋杀和叛国，而在审判中为其辩护的是西塞罗。

就像斯巴达的国王欧达米达斯①在听了一位哲学家大谈战争之后，说："这些话说得都挺好，不过说这些话的人却无法叫人信服，因为他的耳朵都没有听惯军号的声音。"②同样，克里昂米尼③在听到一位演说家夸夸其谈地赞美英勇之时，忍不住笑出声来。看到对方对自己的这种反应感到不悦，他便解释说："说这番话的若是一只燕雀，我也是同样的反应；但这话若出自雄鹰之口，我定会恭敬地聆听。"④

从古人的著作中，我隐约察觉到，说真心话的人比起说漂亮话的人要有说服力得多。不妨去听一听西塞罗所谈论的对自由的热爱，再去听一听布鲁图斯的言论：后者的言辞更能引发共鸣，令世人信服他就是一个为了自由而不惜付出生命的人。雄辩之父西塞罗还论述过对死亡的藐视，塞涅卡也就此做过论述：前者的言语拖沓冗长、底气不足，让人分明觉得他想要说服大家相信他自己都不相信的事情；

---

① 欧达米达斯一世，斯巴达国王，约公元前331—约公元前300年在位。他曾赴雅典，到色诺克拉底主持的学院听哲学课。

② 出自普鲁塔克的《传记集》。

③ 克里昂米尼二世，在公元前370—公元前309年之间任斯巴达国王60余年。

④ 出自普鲁塔克的《传记集》。

而后者的论述却令人感到鼓舞、热血沸腾。我在阅读一位作者的作品时，尤其是阅读那种谈论美德、品行的作者时，一定会充满好奇地去核查一下他自己到底是一个什么样的人。

在斯巴达，如果监察官发现将要向民众就某事提供建议的是品行不端之徒，就会命令其闭嘴，并另请一位诚实的人士来代替他就此事发表看法和提出建议。

如果懂得如何品读普鲁塔克的文字，就能了解他的为人。所以，我认为我对他的认识直抵灵魂深处。不过，我还是希望能够获得一些关于他生活的信息。之所以东拉西扯地说了这么多，我就是想感谢奥卢斯·格利乌斯 [①]：多亏了他的记载，我们才能知道下面这个关于普鲁塔克品性的逸事，而这个逸事与我这篇文章的主题"愤怒"颇有些关系。

普鲁塔克有一个奴隶，人品恶劣，但长久以来听熟了许多哲学道理。一次，此人犯了一个错，普鲁塔克便叫人

[①] 公元 2 世纪的一位法官、语法学家和作家。《阿提卡之夜》是他留下的一部笔记，记录下了他的所见所闻所读，为后世提供了一部关于他那个时代的重要史料，而许多业已散佚的古籍的内容也在因被他记录其中而得以保留。

剥了他的衣服，鞭笞他。奴隶不禁申辩，说自己什么也没有干，对他的惩罚是不公正的。接着，他就大声叫嚷，一板一眼地咒骂起自己的主人来。他指责普鲁塔克作为哲学家名不符实，因为他常常听普鲁塔克说发怒是不可取的，普鲁塔克甚至还就此写过一本书，现在却为了出气而叫人责打自己，这与其言论完全背道而驰。对此，普鲁塔克用极其平和冷静的语气回答道："你这样一个粗鄙之徒，何以判断我是否发怒？你说我失去了理智，凭据是什么？是我的表情、声音、脸色，还是我说的话？我觉得我并没有圆睁怒目，也没有扭曲表情。我也没有咆哮怒吼。我脸色涨红了吗？我唾沫四溅了吗？我是在恣意地做些会让我自己后悔的事情吗？我有没有暴跳如雷？我有没有气得发抖？我可以告诉你，我说的这些才是真正发怒的标识……"说完，他又向执鞭的奴仆吩咐道："我在和他说话的时候，你只管继续打，不要停下来。"这就是奥卢斯·格利乌斯所讲述的关于普鲁塔克的故事。

曾在军中担任上将的塔兰托人阿尔库塔斯①解甲回乡后，发现由于管家管理不善，家中杂乱无章，田地也早已

---

① 古希腊数学家、毕达哥拉斯学派哲学家，也是一位成功的将军。

荒芜废弃。将管家叫过来后，他说："你滚吧！要不是我正在气头上，必会暴打你一顿！"同样，柏拉图有一次在对手下一个奴隶发火时曾委托斯珀西波斯①代行惩戒，理由是他自己正在气头上而不能亲自施行惩罚。拉西第梦人恰里鲁斯②也曾对一个蛮横无理地冒犯了他的贱民说："我向众神保证：要不是我现在正在气头上，定会当场取你性命。"③

愤怒是一种自我取悦和自我恭维的激情。很多时候，当我们因误会某事而毫无道理地大发脾气之时，如果有人来把个中实情或缘由告诉我们，反而会更加激怒我们，导致我们把火气撒在真相身上，撒在无辜之人身上！我记得古时有一个绝佳的例子。

皮索④可是一位出了名的有德行之人。一天，他对手下一个士兵大发雷霆。这个士兵和一个同伴一起出去割草料，却一个人独自回来。因为这个士兵说不清楚自己的同伴到

_____

① 古希腊哲学家。他是柏拉图的外甥，在公元前 347 年柏拉图去世后成为柏拉图学院的继承者。

② 公元前 780—公元前 750 年斯巴达的一位国王。

③ 出自普鲁塔克的《传记集》。

④ 公元前 3—公元前 2 世纪的古罗马政治家，曾于公元前 180 年当选执政官。

底去哪儿了，皮索就认定他一定是把同伴杀了，便当即下令将他处死。正当这名士兵被押赴刑场之际，那个走失的同伴竟然回来了。全军士兵都欢欣雀跃，那两人久久相拥之后，刽子手把他们一起带到了皮索面前。大家都以为皮索也一定会为此喜出望外。结果恰恰相反！因为难堪和羞愧，他的愤怒不仅没有消退，反而愈发猛烈。狂怒之下，他一下子就为这桩原本无谓的事情找出了三个罪魁祸首，并下令将这三人一起处死：第一个士兵是有罪的，因为他先前已经判决其有罪了；第二个士兵，也就是走失了的那个士兵，也是有罪的，因为就是他导致了他的同伴被错杀；而第三个，刽子手，也是有罪的，因为他没有服从下达给他的命令！

只要和任性的女人打过交道的人都会对此有过切身的体会：要是在她们烦躁之时，用沉默和冷淡相待，只会令她们陷入更加可怕的狂怒，所以但愿大家都不要惹恼她们。演说家塞利乌斯的天性也是这样极端易怒。一次，他和一个性格温和、说话甜美的人共进晚餐。那个人为了不惹他生气，下定了决心定要对他所说的一切都表示赞同和附和。这使得塞利乌斯的坏脾气找不到发作的机会，反倒令他忍受不了了，于是他对那人说："天哪！你还是反驳我一下吧！毕竟我们是两个不同的人哪！"^①同样，那些任性的女人故意发脾气，就是为了让我们反过来对她们发脾气，仿佛这才是爱的真谛。一回，福基翁在发言时，有个人粗暴地辱骂他，阻止他继续说下去。福基翁见状什么也没有做，只是停下来，任由那人恣意发泄完他的愤怒。随后，他就从刚才停顿的地方继续讲，没有对这个意外的插曲做半点回应。再没有什么样的反驳比这种藐视更尖利的了。

对于军人来说，易怒也是一种缺点，但更加情有可原；因为身为军人，有时不得不如此。我常常说，军人貌似是法国最易发怒的人，其实他们是我所见过的最有耐性、最懂得克制愤怒的人。因为煎熬着军人的怒火总是如此猛烈、如此狂暴——

青铜壶底下熊熊燃烧着木柴，
沸腾的热水疯狂飞溅着水花，
终于再也收不住地漫溢出来：
把灼热的蒸汽在空气中抛洒。^②

---

① 出自塞涅卡的《对话录》。

② 出自维吉尔的《埃涅阿斯纪》。

他们必须付出极其艰苦的坚忍才能将这种怒火强压下去。至于我本人，并没有体会过这种需要做出如此巨大努力才能压下和扛住的怒火。我也不愿意为了表现得理智而付出如此高昂的代价。我不太在乎事情该怎么做，而更在乎为了不把事情变得更糟糕需要付出什么样的成本。

有人曾向我夸耀自己行事何其与众不同地节制温和。我对他说能这样做是对的，尤其是对于像他这样万众瞩目的杰出人物来说，确实应该随时表现出平和。不过我还对他说，最重要的是自己在内心里也能保持平和，因为我担心他为了维持这种看似平和的表象而时刻戴着一副面具，反倒使内心里深受煎熬，那样就不好了。

掩饰自己的愤怒会使自己被怒火灼伤。就像第欧根尼曾对害怕被人发现而藏身于一家小酒馆中的狄摩西尼①说过的那样："你越退缩，陷得越深。"我认为，与其为了维持豁达的形象而压抑自己内心的冲动，还不如直接给不巧撞到你气头上的仆人一记耳光。与其为了掩饰愤怒而使自己受到折磨，我宁愿把它释放出来，因为在发作、排解出来

----

① 古希腊著名演说家、民主派政治家。

之后，愤怒之情就能得到缓解。与其让愤怒的矛头刺伤我们自己，不如将它掉头向外。"看得出来的毛病其实都不要紧；那些躲在健康表象之下的毛病才真的可怕。"①

对于自己家里的人，我所给出的建议是，他们都有权愤怒，可以愤怒：首先，我希望他们有所节制地发脾气，不要随时随地发脾气，因为那样反而会使自己的愤怒受不到充分的重视，起不到应有的作用。一旦大家习惯了你毫无节制的咒骂，就没有人会把它当成一回事了。这样一来，就算你对一名偷了你东西的奴仆发脾气，也起不到任何效果，因为他早就因为杯子没刷干净或椅子没摆端正这样的事情而无数次地承受过你的责难了。第二，我希望他们不要为了鸡毛蒜皮的小事发火，而且要注意使自己的愤怒切实地落到他们所斥责的对象头上。因为他们常常会在应该受到责难的人还没有到场之前就怒吼起来，并在那人已经离开之后还继续吼叫不休！

失去理智，就是伤害自己。②

---

① 出自塞涅卡的《道德书简》。

② 出自克劳狄乌斯的《抗伊特鲁里亚》。

这样的做法，其实就是在对幽灵发泄怒火，看似掀起了一场风暴，却没有人受到惩戒，甚至没有人在乎，反而令与此无关的其他人无奈地忍受这叫嚷之声的惊扰。对于在口角争执中争强斗勇、不分对象乱发脾气之人，我也会加以责罚：因为只有在恰当的时机下进行的喝斥责骂才能起到作用。

> 就像公牛在第一次战斗前那样，
> 嘴里发出可怕的咆哮，
> 用牛角撞树小试锋芒，
> 还把空气搅得呼呼作响，
> 牛蹄刨地作为预先的警告。①

我在发怒时，会尽可能做到激烈，同时尽力做到简短且私密。我不压抑自己在发怒时的凶狠与粗暴，但也不至于在愤怒的影响下而不分对象、不分缘由地随意辱骂身边的人。当然，这也不妨碍我在必要之时说出一些极其伤人

---

① 出自维吉尔的《埃涅阿斯纪》。

的话——因为说这种话的目的本来就是为了伤人。我的仆人听到我说这种话，一般并非在情况严重之时，反而是在情节轻微之时。这是因为他们的轻微过错常常出现在我的意料之外；而且不幸的是，一旦你靠近愤怒的悬崖，那么不管把你推下悬崖的是什么，你都会一直坠落到崖底：只要开始下坠，它自然就会不断加速着冲向深渊。相反，在情况严重之时，可令我感到安慰的是，正因为这类情况是那么确凿分明，所以每个人都认为我为之发怒是正当合理的，都期待着我发怒；这时我倒要骄傲地打破他们的期待，坚强起来，抵抗住内心的愤怒，因为这种愤怒极为深刻，如果随着它的波涛起伏，就会被它裹挟着冲向远方。只要做好了心理准备，决心抵抗愤怒的冲击，那么无论造成这种愤怒的原因多么严重，我都能轻松地抵御住它，因为我足够强大。相反，一旦愤怒成功地把我攫获、将我控制，那么无论造成这种愤怒的原因多么微不足道，我都会被它卷走。

所以，我和可能与我发生争执的人都订下了这样一项交易："当您发现我先激动起来的时候，不管我是对还是错，都请任凭我发作；而对于您，我也同样会这么做。"其实，争执双方的愤怒并不是同时产生的，但如果双方比赛着愤怒，就会使彼此的怒气愈演愈烈，以至于变成一场狂怒的风暴。所以，还是让它们分别沿着各自的渠道发泄出来吧，这样的话，双方到最后还是可以和平相处的。不过，此事说来容易做来难啊！

有时，我也会为了一些家务事做出发怒的样子，但并没有真的生气。随着年岁增长，我的脾性比以前多了一些尖刻，我要努力防止自己变成丑陋的样子。今后，我还要尽量少发火、少挑剔，尽量多原谅、多包容。其实，迄今为止，我都算得上是最少发怒的人了。

再说一句话来结束今天的话题吧。亚里士多德说过，有时，愤怒可以充当美德与英勇的武器。这话听起来颇有道理。但也有一些人不以为然，还打趣地反驳说，愤怒莫非是一种用途别致的武器吧：因为别的武器都是受人操控的，而愤怒却能操控人；人的手指挥不了它，它倒要指挥人的手；它可以支配我们，我们却支配不了它。

论勇毅

从自身经验出发，我发现在灵魂的奋发冲动与坚毅持久的态度之间存在着巨大的差别。我很清楚这种差别并非人力可改，有人还说神对此也无能为力，因为要做到控制自己并把上帝才拥有的决心和信心与身为凡人的弱点结合在一起，这不是仅凭人的本性就可以达至的。这样的勇敢只会偶然出现。昔日，一些英雄人物在生活中有时会表现出一些远远超乎常人自然能力的神奇特质；但那其实都只是昙花一现，如果说那些英雄人物真的是一直用那种高昂的姿态来浸润滋养自己的灵魂，那就很难理解他们的灵魂何以终将复归平庸。就算是我们这样的普通人，尽管常常会半途而废，但偶尔也能把自己的灵魂振奋提升至超常状态。只不过，在这个过程中，推进着、驱动着我们灵魂，并把它带向超越自身境界的是一种激情；一旦这种激动消退，我们就会发现我们的灵魂自动自然地松弛、平静下来，虽然这样的松懈不一定彻底，但至少已经不复昂扬。乃至于，每当在生活中遇到一些鸡毛蒜皮的事情，我们的反应和一般人也就别无二致了。

我以为，那些不讲究秩序和分寸、不需要坚定决心的事情，是随便什么人都能做到的，无论此人何其平庸，有多少缺点。所以，贤哲才说，要正确地评价一个人，就必须要对其平时的表现加以考察，突袭式地对其日常行为举止进行评判。

皮浪①建立了一门以无视确定性为基础的奇怪学问。和其他所有真正的哲学家一样，他也试图将自己的生活和自己的学说结合起来。他坚持认为人类的判断力极其薄弱，所以他不愿意站队，也不愿意倾向于任何一方；他总想将

---

① 古希腊怀疑派哲学家，被认为是怀疑论鼻祖。怀疑论学派皮浪主义即以其命名。皮浪提出了悬搁的概念。皮浪认为，人无法认识事物本身，人的意见永远是主观的，所以对待一切事物的正确态度就是悬搁判断。

自己的判断维持在悬搁之中，永远保持平衡，因为他认为一切其实都无所谓。这令人们都觉得他为人生硬刻板，总是一根筋。只要一开始发言，即便与他谈话的对方已经离去，他也一定要坚持到把话说完；只要踏上一场旅途，他就决不更改既定路线，要不是有朋友拉住他，他早就或坠崖或撞车而亡，或者死于其他事故。因为对他来说，害怕或回避都与他的信念格格不入，而他的信念不容许他接受存在任何选项和确定性的可能。他也曾经被割伤过，也曾经被烧伤过，而在受伤之时他总是表现得极为坚强，在旁人看来他甚至连眼睛都不眨一下。

这一类想法能在心灵中滋生已然令人称奇，遑论将它们付诸实践；当然，付诸实践也并非不可能。但以如此的毅力和坚持将它们贯彻始终，乃至令自身行为偏离世俗常理，方才令人感到不可思议。所以，当旁人撞见他在家里和姐妹发生激烈争吵之时，便指责他违背了自己宣称的一切都无所谓的原则，他回驳道："什么？难道这个蠢女人也可以作为对我的原则的考验吗？"还有一次，有人看到他为了抵抗恶狗的攻击而与之搏斗，他辩解说："要完全摆脱掉自己作为人的局限极其困难；人总是要为了一些事情而奋争，这种奋争首先表现为行动，也表现为说理和证明。"

几天前，在离我家五里路的拜尔杰拉克，多尔多涅河上游，一个女人头天夜里受了生性阴郁暴躁的丈夫的折磨和虐打，决心放弃生命来摆脱他的虐待。她像平日里一样，起床后和几位女邻居聊了一会儿天，向她们交代了几句自己的事情，便牵着一位姐妹的手一起走到了桥上，向其道别之后便纵身跳入河中自溺而亡。想来，她在行动之前已经考虑了整整一个晚上。

印度女人的境遇则与此不同。根据印度的风俗，男人可以娶几个妻子，而最受宠爱的妻子必须在丈夫死后自杀。几个妻子一辈子互相争宠，所追求的目标就是赢得这份优待；她们争相取悦丈夫，不为别的，只为了争夺陪他去死的待遇。

火把刚刚落到灵床之上，

恭敬虔顺的妻子们就互不相让：

谁最有资格给先夫陪葬？

没被选上的都羞愧难当。

胜出才有资格投身火场，

把灼热的唇吻在丈夫的唇上。①

　　时至今日，还有人写文章说曾在这个东方国度亲眼见过这种习俗，且给丈夫陪葬的还不只是妻子，还包括他生前最宠爱的奴婢。具体过程是这样的：在丈夫过世之后，成为寡妇的妻子如果愿意的话，可以提出要求再多活两三个月来安排处理自己的事务（但实际提出这种要求的妻子少之又少）。等日子到了，她会打扮得像新娘一样，左手拿着一面镜子，右手持着一支箭，骑上马，开心地告诉大家自己要去和丈夫同眠了。如此招摇地巡游一番之后，她就在亲朋好友以及一大群看热闹的人的簇拥下来到了为举行此事而专门设置的广场。

　　偌大的广场中心挖有一个大坑，填满了木柴，坑旁夯筑着一个四五级台阶高的高台。她被带至高台上，在上面享用人们为她提供的一顿美餐。用餐完毕，她就开始唱歌跳舞，并在自己愿意的时候发出点火的命令。随后，她便从台子上走下来，牵起丈夫的一位至亲的手，一起走到旁边的河边，在那里脱到全身赤裸，把珠宝首饰及衣物交给

① 出自普罗佩提乌斯的《献给卿蒂娅的爱情哀歌》。

亲朋好友，紧接着便浸没到河水之中洗清自己的罪孽。一从河中出来，她便裹上一条十四庹长的黄布，再牵着丈夫至亲的手，回到高台上，向众人讲话；有孩子的女人便会把孩子托付给众人。在火坑和高台之间，常常会拉起一道帘幕，以遮掩那熊熊烈火；不过，也有一些妻子反对拉起帘幕，因为她们想要展示自己的勇气。待她讲完话后，一位女子便把满满一罐油交给她。她会把油抹在自己头上和身上，将油罐扔进火中，随即纵身跃入火中。这时，众人便将大量火把投向她身上，以防她死得太慢；人群也从一开始的欢喜庆祝转换成哀恸悲丧的心情。

如果是地位一般的男人死了，人们就把他的尸体抬到下葬的地方，摆成坐姿，而丧夫的寡妇则跪在他面前，紧紧地抱着他。她就这样保持着这个姿势，与此同时，人们就开始围着他们垒筑坟墙，直到把墙筑到女人肩膀的高度。这时，女人的一位家人就从她身后抱住她的头，把她掐死。在她没了气息之后，人们就把坟墙筑高直到封顶：夫妻俩就这样葬在了一起。

还是在印度，有一些"裸体修行者"也会做类似的事情。他们并非受到了他人的胁迫，也不是被突然的情绪冲昏了头脑，而恰恰是在践行他们的教义：他们在活到一定年龄之时，或身患某种疾病之时，就会请人搭起一个柴堆，在上面放一张整洁的床；和熟识的友人欢乐地庆祝一番之后，便毅然决然地躺到床上；当烈火燃烧起来时，他们连手脚也纹丝不动。有个名叫卡拉努斯的人就是以这样的方式死在了亚历山大大帝的大军阵前。因为对于他们来说，只有能以这样圣洁喜乐的姿态接受烈焰烧尽自己身上属于凡间尘世一切的人，才值得被尊重。而他们之所以能够做到这种常人无法做到之事，就是因为他们在自己的整个人生过程中，一直都在对死亡进行思索参悟。

有关天命的问题一直引人争论不休。为了证明将要发生之事乃至人的意志都出自某种无法规避的既定的必然性，有些人依然在老调重弹："既然大家都认为上帝能够预见一切事物发生的方式，那么一切事物就必然是以其所发生的方式发生的。"对此，我们的神学家们答复道：我们能看到某个事物以我们看到的方式（同样也是以上帝看到的方式，因为对于上帝而言，既然一切都是当下，那么他所做的也是看到而不是预见）发生，并不意味着我们就要迫使该事物如此发生；是因事情发生而被我们看到，而非因为我们要看到而使事情发生。是事件产生认知，而不是认知产生事件。我们看到发生了的事物就是发生了；但它也可能以其他方式发生。在上帝先知先觉的事件清单中，也会把一些事件的起因归结为我们所说的"偶然的意外"，同时，把另一些事件的发生归因于"人为的故意"，因为它们是由他赋予我们的自由意志造成的。此外，上帝知道我们必会失败，因为我们的失败是我们自找的。

就我而言，我见惯了人们用这种天命必然的论调去激励自己的队伍。其实，如果"属于我们的时刻"当真是天命预先决定了的话，那么不管敌人的枪弹何其猛烈，也不管我们到底是英勇无畏还是胆小逃窜，也没有任何事情能够提前或推迟它的到来。此话说来容易——但有谁会把它当真？如果说真的存在着某种充满强大能量的信仰能够致使人做出某些同样充满强大能量的行动的话，那么，我们如今成天挂在嘴上的所谓信念何其浅薄——不过是被人借以菲薄他人、对他人的作为表达轻蔑的一套说辞罢了。

关于这个话题，茹安维尔爵士的证言颇为可信。他是这么说的：有一个与撒拉逊人相关的民族叫贝都因人，圣路易国王在圣地与他们交过手。这个民族因其宗教而坚信每一个人每一天的生活都是不可避免的宿命早就计算、决定好了的，比如，他们就是不使用盔甲护体，仅仅身披一件白色布衫、手持一柄突厥刀剑便奔赴战场。而他们在对自己人发火时，脱口而出最愤怒的咒骂："你这该死的东西，就和那些披盔戴甲上战场的怕死鬼一个模样！"这就证明，对于信仰和信念，他们有着与我们不一样的理解。

在我们祖父辈的时代，佛罗伦萨有两位教士的事例也堪为佐证。两人对某条教义的理解发生了分歧，于是约定到公共广场上当着众人之面一起走进火中，以验证各自观点的正确性。然而就在一切准备就绪，此事行将上演之时，却因一个意外的发生而戛然而止。

正当穆拉德二世[①]与匈雅提·亚诺什[②]两军剑拔弩张之际，一位年轻的土耳其贵族来到军前表演了一套出色的武艺。穆拉德问他，他这么年轻，又没有经验，是什么人传授给了他如此过人的勇气。他回答说，他的老师其实是一只野兔。"有一天我去打猎，发现洞里有一只野兔。我虽然带着两条出色的猎犬，还是觉得如果不想让它跑掉，最好

---

① 奥斯曼帝国第六任苏丹。他在位期间将势力扩张到巴尔干半岛，所以曾与当地的基督徒发生长期战争。

② 特兰西瓦尼亚总督，匈牙利王国大将军和摄政，马加什一世之父，受国民赞誉的民族英雄，是15世纪中欧和东南欧的重要军事和政治人物。他对内稳定政局，对外击败外敌。他对土耳其人的胜利使他们对匈牙利王国的入侵延缓了至少60年。

还是用弓箭射它，因为它也完全在我的射程之中。于是，我开始射箭，直到射完箭袋里的四十支箭，都没有射中它，甚至都没能把它惊醒！之后，我便放出猎犬去追捕它，结果仍是徒劳。那时我就明白了，它是受它的命运保护的，而我们的刀箭只有在得到我们的宿命许可的情况下才能发挥作用，我们没有权力推迟或提前这种作用的发生。"当然，这则故事同时也向我们证明，我们的理性何其容易受到各种事件的影响。

一位德高望重、学识渊博、备受尊重的大人物曾经跟我讲述过他的信念如何在一个极其古怪、难以置信的外部事件的影响之下发生了重大的改变。不过，我却觉得那个事件本该产生相反的影响。他把那件事叫作"奇迹"——我也认为那是奇迹，不过其意义与他所说的完全不同。

土耳其的历史学家们说土耳其人都坚信自己的生活是由无形的宿命预先决定好了的，看来就是这种信念使得他们在危险面前镇定自若。我认识一位伟大的亲王，他就十分乐得利用他的民众的这种信念：或许，他自己也对此深信不疑；或许，他不过是打着这个借口行极端冒险之举。但愿命运能够长久地站在他一边吧！

在我的记忆中，再没有比图谋刺杀奥兰治亲王①的那两个人的行动更为果敢、叫人钦佩的了。令人惊诧的是，在同伴精心实施的行动不幸失败之后，第二名刺客竟然还能鼓起勇气继续执行这一行动。人们惊讶地看着他竟然追随着其同伴的路线，使用同样的武器、跑到一座效忠于这位亲王的城市的大厅，冲进一群卫兵之中，去对这样一位因新近遇刺而加强戒备且受到一众好友、保镖团团护卫的人发起攻击……当然，这名刺客所采用的手段极其坚决，所抱士气极其高昂。用匕首行刺的效果自然比用手枪更为可靠，但这就要求刺客必须做出更多的动作，花费更大的精力，也就意味着他要冒着更高的受挫失败的风险。我毫不怀疑此人抱定了必死之心，因为在他这样冷静清醒的头脑之中，他人为他描画的虚幻希望绝无立足之地。他实施行动的方式也证明他既不缺乏理智，也不缺乏勇气。至于是什么动机促使他产生了如此强悍的信念，众说纷纭，因为我们每个人都愿意根据自己的想象做出自己喜欢的解读。

　　而发生于奥尔良附近的暗杀则非常不同：它所依靠的

————————————

① 奥兰治亲王威廉一世，是尼德兰革命中反抗西班牙哈布斯堡王朝统治的主要领导者、八十年战争领导人之一。曾任荷兰共和国第一任执政。

更多是运气而不是实力。若非命运使然，那一记枪击是绝不可能致人死命的。刺客骑在马背上从远处对纵马奔腾的目标人物射击，这就说明这名刺客宁愿错过目标也不愿放弃逃跑的机会。随后发生的事情就证明了这一点。因为他一想到自己完成了如此重要的行动便兴奋得激动不已，以至于完全迷失了方向，结果既没能成功地逃脱，在受审时也不知该如何为自己辩解。本来他只要蹚过一条小河就能与他的同伙会合——我曾在类似的情形之下就采用过这样的渡河办法，自觉这种办法并没什么风险，只要熟练地驾驭马匹踏入河水，并事先根据水流确定好适合上岸的位置就行了。然而这名刺客在听到自己的判决之时，却宣称："我早就准备好了。我的坚毅会让你们大吃一惊的。"

阿萨辛人是腓尼基人的一支。穆斯林认为这些人具有崇高的信仰和纯洁的道德。他们认为杀死反对自己宗教的人是通往天堂的一条捷径。所以，人们常常会看到他们穿着紧身衣、孤身一人或成双结对地针对一些强大的对手采取行动。他们抱定了赴死之心，毫不在意要冒什么样的危险。我们在的黎波里的雷蒙伯爵就是在远征圣地期间，于所驻城市中心被这样刺杀（而且我们的语言中，"刺杀"一词就来自阿萨辛人这一名词）身亡的，蒙菲拉托侯爵康拉德亦是这样死于非命的。而这些杀手在被押赴刑场的途中，总是昂首傲立，就是因为他们觉得自己的所作所为成就了一番伟业，并为此感到自豪。

论睡眠

的确，理性要求我们遵循正道前进，但并非要求我们非得以相同的速度前行。智者虽不应纵容自己的情感、欲望偏离正道，但可以在不损及自身责任的前提下做出让步，可以为了它们加快或放慢自己前进的脚步，而不必非得总像罗德岛上太阳神巨像那般镇定自若、无悲无喜。我相信，纵使美德化身成人，他的脉搏在驾马奔袭时也一定比出席晚宴时跳动得更加剧烈，因为，即便是道德完人，有时也会热血沸腾、情绪激昂。说到这一点，我还发现了一个奇怪的现象——有的大人物在面对一些极其复杂重要的事务时，依然能很好地保持平素里的状态，甚至并不会为此减少自己的睡眠。

在原定好的与大流士生死鏖战的当日，亚历山大大帝就睡得非常沉，一直睡到了大天亮。见大军出征之时已至，将军帕曼纽①只好走入他的寝宫，来到他的床前，唤了他两三遍，才把他叫醒。

罗马帝国皇帝奥托②在决意自杀的那夜，甚至整理好了自己的物品，将自己的钱财散给仆从，磨好自杀用的剑锋。在等待手下向他报告每个亲友是否已经得到妥善安置的那段时间里，他竟沉沉地睡去，整座寝宫的侍从都听见了他的呼噜声。

---

① 马其顿王国腓力二世和亚历山大大帝时期的著名将军。他跟随亚历山大远征波斯，在士卒中享有极高声誉，是远征军中仅次于亚历山大的二号人物。公元前330年，因其子菲罗塔斯被控对亚历山大谋反而遭受株连，被灭族。

② 罗马帝国皇帝。在皇帝尼禄被迫自杀后，奥托成为四帝之年（69年）中的第二位皇帝，不过随即因内战战败而自杀。

这位皇帝之死与伟大的小加图①之死有许多共同之处，尤其是以下这点：加图在决定结束自己生命之时，在等待下人回报被他送走的元老们是否已离开尤蒂卡港的那段时间里，也沉沉地睡去，相邻的房间里同样能听见他酣睡时的呼吸声。他派往港口的手下回来后只好叫醒他，向他报告说，载着元老们的舰船因暴风雨无法升起风帆。于是，他派出另一名手下再去打探，随后，又倒卧在榻上陷入沉睡，直至第二名手下前来回报元老们乘坐的舰船已经扬帆启航。

在保民官梅特鲁斯②引发的骚乱面前，加图也表现出了堪比亚历山大大帝的气概。在喀提林③谋反之际，保民官梅特鲁斯意图发布谕令，召庞培率军进入罗马。加图是

---

① 又名"尤蒂卡的加图"，以区别于他的曾祖父老加图。小加图是罗马共和国末期的政治家和演说家，是一个斯多葛学派哲学的践行者。他坚定支持罗马共和制，强烈反对恺撒将罗马帝国化的企图。当恺撒违背元老院的意志进军罗马时，他坚决抵抗，战败后自杀身死。小加图也以其传奇般的坚忍和固执而闻名，他不受贿、诚实、厌恶罗马共和国末期猖獗的政治腐败。蒙田非常敬仰小加图。

② 古罗马政治人物，贵族派领袖之一。

③ 古罗马政治人物，罗马元老，曾密谋发动政变以推翻罗马元老院的统治，事败后出逃，后战死。

唯一一个反对这项谕令的人，他与梅特鲁斯在元老院爆发了激烈的争吵，两人相互语出威胁。双方还约定，第二天到公共广场进行辩论。深受民众拥护且颇受恺撒器重（恺撒当时正谋求利用庞培）的梅特鲁斯将会率领众多外国奴隶和死忠斗士前往广场为自己助威，而加图所拥有的支援，只有自己的坚强意志。他的亲属、仆人以及许多有识之士都为他忧心忡忡：有的人甚至为他所处的危险境地担心得吃不下，喝不下，睡不着，特意在夜里赶到他家，与他做伴；他的妻子和姐妹也都悲伤到泣不成声……他自己反倒一直在安慰着大家。像平常那样吃完晚饭后，加图便上床睡觉去了，酣睡到大天亮，直到官署的一位同僚赶来叫醒他前去赴约。加图这个人物一生都如此大气，如此勇毅，这充分证明只有他那样高贵的心灵才能滋生出此等不凡的气概。他的心灵超凡脱俗，连外人看来生死攸关的大事也只视若平常，根本不为其所恼。

屋大维①曾率海军赴西西里征讨小庞培②。临战之际，他竟困倦得昏睡过去，其心腹不得不叫醒他来指挥战斗。此事使他落人口实，后来马克·安东尼③就指责他，说在阿格里帕前来报告大军战胜敌人的捷报之前，他都不敢到阵前督战，甚至不敢在军中露面。

---

① 罗马帝国的开国君主。屋大维是恺撒的甥孙和养子，恺撒正式指定的继承人。公元前30年，屋大维被确认为"终身保民官"；公元前29年获得"大元帅"称号；公元前27年获得"奥古斯都"称号，保持罗马共和的表面形式，作为独裁者统治罗马长达43年。公元14年8月，屋大维去世后，罗马元老院决定将其列入"神"的行列，并将8月称为"奥古斯都月"，这也是欧洲语言中8月（August）一词的来源。

② 罗马共和国晚期将领，格奈乌斯·庞培之子。他是反对后三头同盟的焦点人物。

③ 古罗马政治家和军事家。他是恺撒最重要的军队指挥官和管理人员之一。恺撒被刺后，他与屋大维及雷必达组成了后三头同盟。公元前33年，后三头同盟分裂。公元前30年，马克·安东尼败于屋大维，与埃及女王克丽奥佩脱拉七世先后自杀身亡。

小马略 ① 的表现更加糟糕：在与苏拉 ② 决战当日，他在把军队列好阵、发出战斗命令之后，便躺在一棵树下休息，旋即沉沉睡去。直到自己的部下溃散奔逃才将其惊醒：身为统帅的他根本就没有看到战斗的过程。据说，他当时是因为极度疲劳、缺乏睡眠，才会抵抗不住汹涌袭来的睡意。

说起此事，我便觉得应该请医生们来说说睡眠到底是否必要，是否攸关性命。据说，马其顿国王珀尔修斯 ③ 被囚禁于罗马后，就是因被剥夺睡眠而死的；而普林尼却告诉我们，也有人可以不睡觉还能活很久。

---

① 古罗马著名的军事统帅和政治家。他在罗马战败于日耳曼人的危难之际当选执政官，并史无前例地担任过七次这个职务。从马略开始，罗马共和国进入第三个发展阶段，即军人共和时期。公元前 88 年，曾为马略部下的苏拉起来与他作对，争夺对罗马的控制。

② 古罗马政治家、军事家、独裁官。他赢得了针对马略的内战，成为罗马共和国历史上第一个通过武力夺取政权的人。

③ 马其顿王国安提柯王朝的最后一任国王。公元前 168 年 6 月 22 日，珀尔修斯在彼得那战役中战败后被囚禁于罗马，马其顿随后被罗马共和国统治。

根据希罗多德①记载,某些民族的人是睡半年醒半年。为智者埃庇米尼得斯②做传的人则宣称他曾经连着一觉睡了 57 年。

---

① 古希腊作家。他把旅行中的见闻以及波斯阿契美尼德帝国的历史记录下来,著成《历史》一书,成为西方文学史上第一部完整流传下来的散文作品。

② 古希腊克里特岛人,预言家、诗人。传说他曾在宙斯的神圣洞穴中沉睡了 57 年,醒来之后获得了预言的能力。

论年华

我不能接受世人对年华的看法。我发现，相较于一般流行的观点，许多智者反而追求大大地缩短寿命。

"什么？"尤蒂卡的加图对那些试图阻止他自杀的人说，"到了我这把年纪，你们还能指责我太早放弃生命了吗？"其实，加图那时才48岁，但他认为那已经是一个成熟的、相当高寿的年龄了，因为没有多少人能活到那个岁数。

有些人推崇所谓生命的"自然进程"之说，相信自己能够多活个几年。要是他们足够好运，躲得过生活中数不胜数的种种意外，兴许能达成所愿吧。其实，意外才是所有人都要"自然"面对的，且极有可能随时终止那令他们信心满满的生命"进程"。

非要等到极度衰老后因体力衰竭而亡，并且把这种死亡视为生命的终点，何其愚蠢？要知道，老死实在是极其罕见、极不普遍的一种死法。可我们却只把这样一种死亡称作"自然"死亡！难道一个人跌跤折颈而死、落水淹溺而死、身染重疾而死都是"违反自然"的吗？难道我们在日常生活中不是随时面临着诸如此类的危险吗？

千万不要听信那些花言巧语。我们其实更应该把常见的、一般的、普遍的东西叫作"自然"。老死是一种罕见的、独特的、不普通的死法，所以是比其他死法更不自然的死法。它是一种最后的、终极的死法，对于我们来说遥不可及，所以不应对其抱有期待，因为老死是一条我们逾越不了的界限，是自然法则禁止我们跨越的界限。我们当中只有极其个别的人能够获得自然法则特批的权利，活到老死。每两三百年里，自然法则只会恩准一个人享有这样的豁免权，越过其漫长人生道路上的重重艰难险阻。

所以，在我看来，我们必须认识到自己所活到的年龄已是很少有人活得到的年纪了。既然从一般标准来看，大多数人都活不过我们，这就标志着我们已然比他们长寿。既然我们已然突破了常人的极限、常人生命的实际尺度，就不应该再奢望得寸进尺。我们已然逃过了那么多人都逃不过的死劫，就应该坦然接受使我们突破常规依然健在的非比寻常的好运可能不会再持续下去。

我们的法律存在缺陷，就是因为其中包含了这样一些错误的观念。比如，法律不允许人在年满25岁之前自由支配自己的财产，可是又有多少人能活到25岁呢？！屋大维把罗马旧法规定的年龄门槛降低了5岁，宣布担任法官职务的人年满30岁即可。早先的塞尔维乌斯·图利乌斯①下令免除47岁以上的骑士应征参战的义务，而屋大维则把这个年龄降到了45岁。

我始终认为，55岁或60岁时才让人退休的做法并不合理。出于公共利益考虑，法律确实应尽可能地延长人们劳动工作的年限，只不过，应该从另一头来延长。我认为不允许人们更早一些就业的规定是错误的。屋大维自己19岁就当上了全世界的最高裁判，却规定别人要想自主决定在什么位置安装一条檐槽必须年满30岁！

于我而言，我认为人的心灵在20岁时就已发育成熟，能够充分发挥自己的能力。一个人如果到了这个年龄还不

————————————

① 古代罗马王政时期的第六任君主。

能彰显出自身能力的潜质，往后也就不可能再证明自己的才华了。天生的品质和德行要么自从这时起就尽现活力、吐露芳华，要么就会永远浑噩沉沦下去。就像多菲内省的俗话所言：

刺儿刚长出来时不扎人的话，

以后也就永远不会扎人啦。

据我所知，无论古今、无论领域，人取得美好的成就大多是在 30 岁之前，而不是之后。这一点放到某一特定人身上，也常常是成立的。汉尼拔及其死敌西庇阿不就证明此种说法着实可靠吗？他们大半的人生都是躺在年轻时博取的荣光中度过的。功成名就之后的他们，与其他人相比当然是伟大的人物，但与之前的自己相比，却差之千里。

至于我本人，我可以确定地说，自从 20 岁开始，无论在精神上还是在体力上，我的衰弱多过增长、退步多过进步。可能对于那些善于合理利用时间的人来说，学识和经验会随着年龄渐渐增长，但活力、敏锐、坚定等更内在、更重要、更实在的品质则总会随着岁月渐渐枯萎、消逝。

当光阴的雄兵攻破了我们的躯体，

我们的手脚就失却了原有的气力，

判断就开始失去道理，说话和思维也不再清晰。[1]

在衰老面前，有的人是身体首先投降，有的人是心灵率先臣服。我见过很多人，肠胃、腿脚还健壮得很，脑力却早早地衰颓了；且更可怕的是，这种毛病很难被其自身察觉，毕竟，要让一个人意识到自己脑衰并非易事。

话说回来，我之所以对一些法规不满，并不在于它们规定的退休年龄太晚，而在于它们规定的就业年龄太晚。我认为，考虑到生命的脆弱性，考虑到人生随处可见的寻常凶险，就不应该在出生后把那么长的一段光阴虚度在游手好闲和给他人当学徒这类事情上。

---

[1] 出自卢克莱修的《物性论》。

人何故为同一事又哭又笑

史书中说，当安提柯二世①的儿子把皮洛士国王②的头颅摆到他面前时，他对自己的儿子大发雷霆。实际上，皮洛士是他的敌人，刚刚死于一场与他的鏖战之中。安提柯二世一看到皮洛士的头颅，就失声痛哭起来。史书中还

---

① 安提柯王朝国王，他击败入侵希腊的高卢人，于公元前276年入主马其顿，获得马其顿王位。他被认为是马其顿王国安提柯王朝的真正创建者。

② 摩罗西亚国王，希腊伊庇鲁斯联盟统帅，后来成为叙拉古国王及马其顿国王，也是希腊化时代著名的将军和政治家。

说，洛林公爵勒内二世 [①] 也为被自己打败的勃艮第公爵大胆查理 [②] 之死痛惜不已，甚至亲自去参加了他的葬礼。蒙福尔伯爵 [③] 在奥雷战役中击败了与他争夺布列塔尼公国的夏尔·德·布卢瓦 [④]，之后这位胜利者伫立在这个敌人的尸身前，万分悲痛……读到这些故事，有人不免惊叹：

人心擅长用相反的表情

[①] 勒内二世于1470年继任沃代蒙伯爵，1473年继任洛林公爵，1483年继任巴尔公爵。他继承了外祖父安茹的勒内的权力，自称那不勒斯国王、耶路撒冷国王、卡拉布里亚公爵和普罗旺斯等地的领主兼继承人。他在1473年继承其叔父约翰的哈克特伯国，1495年将此交换成奥玛勒伯国。1504年他继承为吉斯伯爵。勒内二世最有名的事迹就是在1477年联合瑞士雇佣兵于南锡战役中击败并杀死了强大的勃艮第公爵查理，使勃艮第公国裂解，分别并入法国与奥地利。

[②] 大胆查理于1467年继承勃艮第公爵爵位。他是力求统一法兰西王国的国王路易十一的劲敌，曾经是反对法国国王集权的公益同盟的领袖。1477年，大胆查理在南锡战役中战死，并未留下男性继承人，法国、奥地利两国于是借机瓜分了勃艮第公国的领土，勃艮第公国就此灭亡。

[③] 蒙福尔男爵约翰四世从其父亲死去的1345年成为里奇蒙伯爵和蒙福尔伯爵，并开始与夏尔·德·布卢瓦争夺布列塔尼公爵爵位，直到1364年在奥雷战役中击败后者。

[④] 夏尔·德·布卢瓦从1341年开始任布列塔尼公爵，1364年在奥雷战役中战死后，敌对的蒙福尔伯爵约翰四世继承了他的公爵爵位。

遮掩自己真实的心情，

脸上的悲喜不过是做戏。[1]

　　据史家讲述，当旁人向恺撒呈上庞培的头颅时，他扭过头去，好像想要逃避这丑陋难堪的一幕。毕竟他们二人曾长期交好，在管理公共事务上曾经合作得那么默契，曾经度过那么多同甘共苦、相帮相持的岁月。由此可见，恺撒在那一刻的表现并非下面的诗句中所说的那样只是虚伪的作秀：

他庆幸自己安稳地当上了老大。

还硬生生挤出几滴泪花，

嘤嘤啜泣声里怒放着心花。[2]

　　事实上，人的所为大都只是虚假的面具，有时诚如此言所说：

---

① 出自彼特拉克的《歌集》。

② 出自卢坎的《法萨卢斯内战》。

遗产继承人的号哭是掩饰欣喜的面具。①

　　不过，要对这类事情做出评判，还得考虑到这样一个事实，那就是我们的灵魂里常常激荡着矛盾的情感。据说，人的身体都是由多种不同的体液组合而成的，因个人体质不同，其占主导地位的体液也不同。同理，人的灵魂里虽然也是充斥着各种各样的情感倾向，但总有一种占据主导地位。但是，这种情感倾向的主宰并不全面彻底，因为灵魂是灵活善变的，所以那些最为弱势的情感倾向偶尔也能占到上风，短暂地流露出来。

　　所以，从天真无邪的孩童身上，我们看到他们常常会为了同一件事又哭又笑。当然，并非只有孩童如此：任何人都不能夸耀说自己在为了开心地踏上旅途而与家人亲友告别之时，心里从来没有过一丝丝的颤抖。不过，虽然眼泪未干，一脸惆怅，但他总归还是要踏上马镫。还有那些出身良家的姑娘，虽然她们心里早已燃起了热火，但要想把她们交给夫家，还是得先用力拉开她们紧紧拥抱着自己妈妈的胳膊。有个老实人对此叹道：

_____

① 出自奥卢斯·格利乌斯的《阿提卡之夜》。

这些新娘子真的讨厌爱神维纳斯吗？

还是说，迈进洞房门槛前

非要把这假惺惺的眼泪抛洒，

不过是演给父母的戏码？

众神知道，她们的哭泣是装的！ [①]

所以，我们有时会为了一个活着时都不喜欢的人去世而表示惋惜难过，这其实一点也不奇怪！

我在喝斥自己的仆从时，责难是真诚的，咒骂也不是伪装的。但等到这片阴云散去，如果他需要我，我还是会心甘情愿地帮助他，因为我能很快地把这一页翻过去。我在骂他"蠢货""懒虫"时，并不是真的想要给他贴上这样的标签；而后不久，当我赞许他"为人老实"的时候，也根本不会觉得自己打了自己的脸。这是因为没有任何一个评价能够全面彻底地给一个人做出定义。我也不怕你们觉得我疯疯傻傻，其实几乎每一天，甚至几乎每一个小时，我身边的人都会听到我咒骂自己"大傻瓜"。当然，我并不

---

① 出自卡图卢斯的《短诗集》。

是真的觉得自己是个傻瓜……

有的人看到我时而对妻子阴沉着脸，时而又含情脉脉，便觉得我这两种态度中必有一种是装出来的。这样想就大错特错了。尼禄[1]令人淹死自己的母亲；但在离开时，他还是感受到了母子永诀的悲伤，心中既厌恶又怜悯。有人说，阳光在本质上并非持续不间断，但因为太阳是在以飞快的节奏接连向我们发出光芒，所以我们才感觉不到每道阳光之间的停顿、间隔。

> 太阳这巨大的光流之源
> 总在为天空涂抹新的光彩，
> 总在用新光更替旧光。[2]

同样，我们的心灵也是在用我们察觉不到的方式接连向我们发出各种不同的情绪指令。

----

[1] 通称尼禄，是一位罗马皇帝，于54年即位，是罗马帝国儒略－克劳狄王朝的最后一位皇帝。提及尼禄，人们通常会联想到暴政和奢侈。这一印象主要来自历史学家塔西佗、苏维托尼乌斯等人的著作。现存的古代文献很少有对其进行正面描述的。

[2] 出自卢克莱修的《物性论》。

阿尔达班①悄悄地观察了一阵子自己的外甥薛西斯一世②，便指责他悲喜无常。其实，当时薛西斯一世正注视着随他出征希腊、正在通过海勒斯彭海峡③的浩浩大军。看到这成千上万的人都听命于自己，他先是感受到一阵得意，所以脸上就浮出了喜悦满足的表情。与此同时，他又突然想到所有这些生命终将在几十年后消逝，所以脸色一下子阴沉下来，伤心得哭了。

　　当一个人坚持不懈地为自己受到的伤害展开复仇，在成功之时就会感到特别开心。不过，在那样的时刻他常常也会哭泣！他其实不是在为了此事哭泣，因为事情本身并没有什么改变。他之所以哭泣，是因为他现在可以用另一种目光去看待这件事情了，他发现了事情的另一种面貌。每一件事都有着多重层面、多种面目。我们对父母亲人、故交旧友的感情占据着我们的想象，各自都会在特定的时

_____

① 波斯阿契美尼德王朝国王薛西斯一世的宰相。他于公元前465年发动宫廷政变，杀死了薛西斯一世及王储大流士，改立其三子亚他薛西斯一世为国王。

② 波斯阿契美尼德王朝国王（公元前485—公元前465年在位）。他曾率大军入侵希腊，洗劫了雅典，摧毁了雅典卫城。公元前465年，他死于宰相阿尔达班发动的宫廷政变。

③ 现称达达尼尔海峡。

刻激起某种情绪。而这种情绪的转换总是如此突然，令人
捉摸不透。

> 在制订计划和付诸行动方面，
> 没有什么能比心灵更迅捷。
> 大自然赋予我们的看得见摸得着的一切
> 都不如心灵灵活多变。①

　　所以，要是有人以为可以把这些变化多端的情绪都视
作一个整体，那就错了。泰摩利昂②在完成了他精心筹划
的蓄意谋杀之后痛哭流涕，其实并不是在为自己解放了祖
国而哭泣，也不是在为那位暴君哭泣，他是在哀悼自己的
兄长。他已经尽到了自己的第一项责任，现在就要去承担
他的另一项责任了。

_____

① 出自卢克莱修的《物性论》。

② 科林斯的一名将领。早年他的兄长泰摩法尼斯起兵自立为科林斯僭
　主。泰摩利昂大义灭亲，亲手杀死兄长后，20年不愿出任公职。后
　来在西西里的独立战争中，泰摩利昂率领叙拉古人击退迦太基军队，
　并制定《席拉库桑宪法》帮助西西里重建。他在西西里度过了余生。

论撒谎者

    没有谁比我更不合适谈论记忆力的话题：在我身上基本找不到它存在的踪迹，我觉得世上不会有人比我的记忆力更不济。我的各种才能都很平庸无奇，唯独记忆力却糟糕得出奇，倒也足以让我留名青史……

    这种天生的不足不光给我造成了许多不便——毕竟记忆力非常必要，所以柏拉图才将其称为强大的女神——而且在我的家乡，人们在说一个人不明事理时，都是说他没有记性。所以，当我抱怨自己记忆力不好时，他们都会打断我，都不愿相信我，就好像我是在说自己没有脑子似的：他们不明白记忆力与智力是不同的。

他们这样的反应实在是夸大了我的缺陷，令我心伤；实际上，拥有出众记忆力的反而常常是一些头脑简单的人。更有甚者，当我真心地把他们当作朋友，他们还是会用这样的话来指责我的缺陷，甚至说我忘恩负义！他们责怪我的热心肠，并由此责怪我的"记忆力"；这本来是我的一项天生的缺陷，他们却把它说成是我没良心……他们说："他忘了我求他的这件事了。""他忘了他答应我的这件事了。""他没有把朋友记在心上。""他不记得他对我说过这话。""他不记得他对我做过那事。""他不记得要为我隐瞒这事了。"

的确，我很容易忘事，但这并不意味着我不重视朋友的委托。但愿大家接受我的缺陷，而不要把它看成是我恶意为之！那样的恶意根本不符合我的性情……聊以自慰的是，我告诉自己，亏得有这个毛病，才得以纠正我本来很可能犯下的另一个更严重的毛病，那就是野心。毕竟任何一个有我这种缺陷的人，都没法掺和到公共事务中去。

许多关于天资的案例证明，人若是在记忆力上有所不足，在其他方面的能力就会比较强大。要是记得住各种各样的新概念、记得住别人五花八门的观点，我可能也会像其他人一样不求己思而轻易地让自己的思想偷懒懈怠下去。

记忆力不佳也使我说起话来比较审慎节制，因为一般来说临时现编的说辞总比不上从记忆的库存里提取的言语来得丰富。要是我能得到记忆的支援，我的朋友们都会被我的喋喋不休烦死，因为一旦碰到一些我觉得有能力把握和驾驭的话题，就可能刺激我滔滔不绝地说个没完。

所以，幸亏我记忆力不好！……一众好友的情况都可资佐证：他们因为记忆力好到往昔仿佛都历历在目，所以一讲起话来总要回溯到无比遥远的过去，总要夹杂着许多无关紧要的细枝末节。就算他们所讲的故事本来还不错，也会受到这些枝节的拖累；而万一他们所讲的故事没什么意思，那么耐着性子在一旁聆听的人很快就会打心底里咒骂他们记忆力太好而判断力太差。

有的人只要一开口高谈阔论，就一发而不可收。要知道要评判马儿的品质，最好的办法就是看它能不能随时收住脚步。有些人虽然知道谈话应有所节制，但看得出来，他们有时候想要停下却停不下来。他们一边想着寻找停止的时机，一边还在不断地说些废话，就像疲累的马儿拖着蹄子挪步一样。年老者尤其可能犯这样的毛病：他们记得住遥远的往事，却记不得这事自己已经讲过。我就有过这样的体验，一些老人所讲的故事本来很有意思，但在他们成百上千次的反复叙说下，再好的故事也变得令人生厌！

记忆力不佳还有一个好处：正如古代一位作家所言，记忆力不佳使我很容易忘记自己受过的伤害。我可能也像大流士那样需要一名专门的助记人员：为了绝不忘记雅典人使他遭受的伤害，他命令一名侍从在他每次用餐前都要来到他身边对他耳语："陛下，切莫忘了雅典人哪！"① 不过，就我而言，不管是重游故地，还是重读旧书，我总能从中发现新意，发现令我愉悦的色彩。

有人说，记忆力不好的人就不要企图撒谎啦。此话不无道理。我非常清楚语法学家们对"谎言"和"撒谎"做出的定义：谎言指的是人们信以为真的虚假事实，而我们法语中"撒谎"一词来自拉丁语，其本来的定义是"逆良知而行"。这也就是说，只有知道自己所言虚假的人，才是撒谎者。而我所讨论的撒谎者，正属此类。而他们撒谎的方式，或是完全凭空捏造，或是在真实的基础上进行部分矫饰篡改。

如果他们所撒的谎只是对部分事实进行了矫饰篡改，那么当他们被要求反复叙述同一件事情时，就很难不露出

---

① 出自希罗多德的《调查》。

马脚。这是因为事实真相先于谎言被记录在了记忆之中并在那儿深深地扎根，它会借由认知的途径大举进入想象之中，将想象所编织的、在记忆中尚不稳固的虚假说法驱逐出去。而且事实真相的情节一旦夺回精神的堡垒，就会使人失去对自己编造或扭曲的那些虚假细节的记忆。

如果他们所撒的谎是完全凭空捏造的，那么由于没有任何与它相悖的迹象来揭示它的虚假，似乎就不太需要担心会被拆穿。不过，因为凭空捏造的东西本就没有可靠的基础，也没有多少依据，所以如果记忆力不是很好的话，这种凭空捏造的东西就很容易从记忆中溜走。这一点，在那些为一己之私而花言巧语取悦权贵的人身上屡见不鲜。由于迫使他们做出言不由衷的赌咒发誓的情境常会发生变化，这便导致他们的说法也总是随之发生变化。

这样一来，同样一件事在他们的嘴里有时是白的，有时又是黑的；对这个人说的时候是这样一种说法，对另一个人说的时候又是那样一种说法。要是万一这些人碰到一起交流一番，就会发现这些说法何其互相矛盾，那又当如何是好？更何况他们自己也常常会露出破绽，毕竟有谁的记忆力强大到能够记住自己为同一件事编织出的那么多种说法呢？我年轻时曾经认识几个人，他们都很羡慕这种巧言令色的本事，但他们不知道的是这本事看上去厉害，其实徒有虚名罢了。

实际上，撒谎是一种可憎的恶习。因为身为人类，我们就是通过说话来建立彼此之间的联系的。要是了解谎言可能造成多么沉重可怕的后果，人们就恨不得用火刑来惩罚撒谎者，来追究他的责任，因为撒谎比起其他罪行更该遭受火刑。我认为，人们常常因为孩子的一些无心之过而惩罚他们，为了他们的一些没有造成后果也不会产生影响的冒失举动而责难他们，并非恰当。但对于撒谎以及程度稍轻一些的顽劣不化，我觉得绝对应该露头就打、及时遏止，否则这些毛病就会随着孩子的成长而日益严重。一旦任其养成了撒谎的坏习惯，人们就会发现再想要改掉它极其困难。所以我们才会看到，连有些老实人也被这些恶习缠身。我的一位裁缝是个不错的小伙子，只是我从未听他说过一句真话，即便这真话对他有利，他也不说。

要是谎言和真相一样只有一副面孔就好了，那样的话我们只要把撒谎者说的话反着听就行了。然而在真相的对面，却有着数不胜数的说法和无边无际的可能。毕达哥拉斯学派就认为，善是确定而有限的，恶却是无限且不定的。脱靶的方式成百上千，正中靶心的路径却只有一条。当然，这并不是说我们在面临迫在眉睫的巨大危险时也决不能用撒个弥天大谎的方式去加以逃避……从前有位神父说过，与其和一个与自己没有共同语言的人待在一起，还不如找一条熟悉的狗来做伴。"所以，对于人来说，话说不到一块儿的人就不算是人了。"[1]而比起这种无话可说的人，那些谎话连篇的人就更不值得交往了！

国王弗朗索瓦一世曾经夸耀说自己把正在撒谎的弗朗西斯科·塔维尔纳逮了个正着。此人系米兰公爵弗朗索瓦·斯福尔扎的使者，素以能说会道著称。他被其主人派来就一件重大事务向我们的国王陛下道歉。事情是这样的：我们的王军虽然被逐出了意大利，但国王还是想在那儿，特别是在米兰公爵领地，维持一些联络。所以，他想派遣一位忠于自己的绅士作为自己的非正式大使去到公爵的身边，但表面上那人是以个人名义前往那里处理私人事务的。之所以这样做，是因为米兰公爵比较依赖神圣罗马帝国皇帝，且当时正在与之商讨自己与其侄女（即丹麦国王的女儿，现在的洛林公爵遗孀）的婚事，若是被人发现他与我们还保持着联系和对话，就可能面临危险。国王马厩有

---

① 出自老普林尼的《自然史》。

一位名叫梅尔韦伊的御马监恰好是米兰人，适合担当这项任务。

此人便带着秘密国书及大使委任状赶到了米兰，当然作为掩护，他还带了几封关于私人事务的推荐信给米兰公爵。但他在公爵身边待了过长的时间，皇帝终于起了疑心。这便导致了接下来发生的事情。据我所知是这样的：米兰公爵以此人涉嫌谋杀为由，用两天时间草草完成审判，并于夜间让人砍了他的头。

国王向包括米兰公爵在内的意大利诸王公询问此人何以被砍头。随即，弗朗西斯科先生就带着他那一套关于这一事件的虚假说辞赶到了我们的国王面前。他是在早朝时被接见的，为证明自己的说法早就准备好了好些个漂亮话。

他宣称：他的主人一直以为那个可怜的家伙只是自己领地里的一个臣民，是为了私人事务来到米兰的，其在公爵府里从未表明过自己还有别的身份，所以公爵并不知道此人是国王的属下，甚至根本都不认识他，所以不可能把他当作一位大使来对待。待他说完，国王就向他发出了一系列疑问和反驳，从各个角度对他的说辞进行了质疑，最终用"为什么要偷偷摸摸地在夜间行刑"这样一个质问把他逼进了死角。可怜的弗朗西斯科先生局促之中慌不择言地答道：公爵是出于对国王陛下的尊重才不同意在白天执行这项死刑的！……他在如此敏锐的弗朗索瓦一世的面前露出了这么大的一个马脚，可以想见等待他的是什么了……

教皇儒略二世①曾派使者觐见英国国王，游说其与法国国王作对。问过这位使者的来意后，英国国王在答复时只是一味地强调和解释若想要与如此强大的一位国王开战，必要的准备工作一定非常困难。这时，这位使者非常不合时宜地接茬儿，说自己也考虑到了这些困难，而且已经向教皇解释过了。这两句话和他前面刚刚说的敦促英国尽快开战的话如此矛盾，于是英国国王心里顿生疑窦。他的怀疑随即就得到了证实，原来这位使者个人的立场是站在法国那一边的。英国国王把这事通报给了教皇，于是，这位使者的财产被没收，不久后，连性命也丢掉了。

___

① 教皇儒略二世于1503年当选教皇。他以武勇好战闻名，是教廷历史上唯一上战场打仗的教皇，被誉为"战士教皇"。他于1506年组建教皇直辖指挥的宗座瑞士近卫队，在混乱的意大利战争中捍卫了教皇国的独立、主权和地位，深受马基亚维利推崇。此外，儒略二世也是文艺复兴时期知名的艺术赞助人，艺术家拉斐尔、米开朗琪罗等都是他的好友。

论人行事之无常

有些人一心想要考察人的行为，但当他们把人的种种行为收集在一起试图从同样的角度加以研究，就发现困难重重。这是因为人的行为往往自相矛盾，看上去简直不可能出自同一个人。比如在马略年轻时，既有人说他勇武如战神马尔斯，也有人说他温柔似爱神维纳斯。

再如教皇卜尼法斯八世[①]，人们说他夺权似狐狸，掌权似雄狮，死的时候却像一条狗。还有，大概谁都想不到，

---

① 教皇卜尼法斯八世于 1294 年当选教皇。1303 年，因法国国王腓力四世对法国境内的天主教会征税并用于攻打其他基督教国家，卜尼法斯八世与之发生冲突，被腓力四世发兵俘虏，并在被俘期间死亡。

素以残暴著称的尼禄有一次照例在一份死刑判决书上签字时，竟会因为想到这是在送人去死而感到揪心，乃至慨叹道："上帝呀，要是我不会写字就好了！"

凡此种种，不一而足。我们每个人都能举出一些例子。而令我感到惊奇的是，有些大聪明竟劳心费力地想从其中找到什么一以贯之的章法。其实在我看来，没有章法才是我们人类天性最常见、最显见的一个特点。正如滑稽戏作者普布里乌斯·西鲁斯[1]这句名诗所言：

不可变通的章法不是好章法。[2]

通过一个人在平时生活中的表现来对其进行评判，这样的做法看起来颇为合理。但是考虑到人类的行为和观念天生就不稳定的特性，我常常会想到，优秀的作者总执着于把人物塑造成个性鲜明恒定的形象，这其实是很没有道理的。他们往往会先选中一种典型性格，然后把某个人的

---

[1] 古罗马的一位拉丁文格言作家。他出生于叙利亚，后作为奴隶被掠往罗马城，凭借自己的才智赢得了主人的青睐而被释放。随后他开始文学创作并闻名退迩。其作品现今仅存残篇。

[2] 出自普布里乌斯·西鲁斯的《箴言》。

所有行为全都装入这个模板里加以诠释；要是某个人的行为没法都装进这个模板，他们就会认定此人为人虚伪。不过，屋大维可不吃他们这一套。因为屋大维一生行事态度变化多端，常常发生突如其来的剧变，再大胆的判官也不敢妄加揣度，所以他为人到底如何，依然是个未解之谜。在我看来，做人持之以恒者终究难得一见，变化不定才是人生常态。所以只有对一个人的行为逐一进行仔细评判，才有可能接近他的本真。

整个古代，能够实现智慧所追求的主要目标、做到毕生持之以恒的人不过寥寥十余人。因为所谓生活，正如一位古人说的那样，一言以蔽之，其所有的规则归总起来，就在于面对同样的对象时，你是选择要还是不要："对于我主观意志所做的选择，我决无赘言；因为如果它选择的不对，它就不可能固守这一选择而不做出任何调整改变。"①实际上，我早就听说过，人的缺陷，其实就在于失调无度，而无法做到持之以恒。

狄摩西尼说过，一切美德的起点都是深刻的思考，而使美德最终得到圆满实现的，则是持之以恒。只有通过理

---

① 出自塞涅卡的《道德书简》。

性的抉择，才可能走上最美好的人生道路；但没有人意识
到这一点。

　　他时而想要，时而不想要，后来又想要了；

　　他犹豫彷徨，一辈子都徘徊在矛盾里。①

　　我们一般都是顺从着自己的欲望做事，向左、向右、
向上、向下，随风摇曳。我们都是在临到想要什么的时候
才会想到它，就像变色龙一样，随着所处的位置发生改变。
我们一时下了一个决心，临了又会改变心意，随之又会改
变，最终又回到老路上——总是躁动不休、变幻不定。

　　我们是不得消停的木偶，任由他人操纵摆布。②

　　我们都身不由己，世界裹挟着我们。我们都像漂浮在
水中，浪涛汹涌时我们就剧烈地动荡，水波平静时我们就
缓缓地漂流。

―――――――――――――――

① 出自贺拉斯的《书札》。

② 出自贺拉斯的《讽刺诗集》。

君不见，世人皆不明己之所欲？

孜孜地求索，整日里腾挪，

以为这样就能卸下压身重荷。[①]

我们一天一个新主意：我们的心绪也总是随着时间变换。

人的思想变幻不定，

恰如朱庇特[②]撒在地上的光芒。[③]

我们总在各种观点之间摇摆；不管我们想要的是什么，我们在做出这个决定时都并不自主，并不坚定，并不持之以恒。

人若懂得在精神上为自己订立明确的规矩和安排，那么根据原则与现实相一致的要求和关系，无论何时何地，

---

① 出自卢克莱修的《物性论》。

② 古罗马神话中的众神之王，对应古希腊神话中的宙斯。

③ 出自荷马的《奥德赛》。

其行为表现都应该与此相应。然而，恩培多克勒^①却从阿格里真托人身上发现了这样一种不协调：他们一方面耽于享乐，恰如那些知道自己时日无多的人一般；另一方面却又大肆修造，好像以为自己能够长生不老似的。

自律之人的生活是很好理解的。比如尤蒂卡的加图就是如此：谁也不能否认他的人生就是一篇万音谐和的乐章，击一琴键而众键轰鸣。而我们的生活却恰恰相反，充满了各种折腾，充斥着各种想法。所以，在我看来，在对人的某一行为进行评判时，最保险的做法还是要结合当时具体的情境，而不要想得太远，也不要妄下结论。

在我们的世道不甚太平的那段日子里，曾有人告诉我，就在我住的地方附近，有个女孩为了逃避一个兵痞（也是她的东家）对她的暴力侵犯而从窗子跳了下来。她并没有摔死，但一心求死的她又拿起刀子想要割断自己的喉咙，结果被旁人阻止了，但她还是把自己伤得很严重。她自己也承认，那名士兵也只是用言语来挑逗她、用赠送礼物的行为来骚扰她，但她就是担心他终会强迫她就范。所以她

---

① 古希腊哲学家、自然科学家、政治家、演说家、诗人。相传他也是医生、医学作家、术士和占卜家。

才要效仿吕克丽丝①，用这样的言辞和举动以及抛洒的鲜血来捍卫自己的贞节。

然而，我却听说，事实上，不论是在那之前还是之后，这个姑娘的为人本来就有些轻佻……正如故事里所说的那样：不论你有多帅多真诚，切莫只因为自己求而不得就以为自己的女神有多么圣洁；你得不到的，并不意味着赶骡子的人就一定得不到。

安提柯看到自己的一位士兵打起仗来十分英勇无畏，就非常爱惜他，还命令自己的医生为他治疗长久以来令其备受折磨的隐疾。结果，安提柯发现这名士兵痊愈后上战场再也不像原来那么勇猛。他便问士兵是什么使他发生了这样的改变，变得这么胆小。"就是您呀，陛下。"士兵答道，"是您夺走了叫我生无可恋的疾病。"

卢库卢斯②有个士兵遭了敌人的抢劫，愤然反击，把

---

① 吕克丽丝是一位传说中的贞节烈女。在她丈夫塔尔干·科拉丹参加阿尔代围城之战期间，有一天夜里，她被潜入家中的塞克斯图·塔尔干强奸了。后来，她把自己的父亲和丈夫唤来，在向他们坦陈了自己所遭受的罪行之后，就当着他们的面用匕首自杀了。

② 罗马共和国末期著名将领，著有战史著作。公元前74年当选罗马执政官。

他们痛揍了一顿。在他夺回自己失去的财物之后，对他刮目相看的卢库卢斯就想要派他去执行一项颇有风险的行动，为了鼓动他而极尽溢美之词：

就算是胆小鬼听了，也会蠢蠢欲动。①

结果士兵却说："您还是派个被打了劫的倒霉蛋去吧！"

他一点儿也不识抬举，粗鲁地回答道："只有丢了钱包的人，才会到那地方去。"

他就这样硬生生地拒绝了这个任务。

据说，穆罕默德二世②看到自己大军的防线被匈牙利人冲垮，而近卫军首领哈桑在战斗中表现得又不够果敢时，

---

① ②出自贺拉斯的《书札》。

③ 奥斯曼帝国苏丹，于 1444—1446 年以及 1451—1481 年两度在位，被尊称为"法提赫苏丹穆罕默德"。"法提赫"意为"征服者"，因为他年仅 21 岁时就指挥奥斯曼大军攻陷君士坦丁堡，消灭了东罗马帝国。其后西侵巴尔干半岛腹地，东抗白羊王朝，为日后奥斯曼帝国的百年霸业奠定了稳固的基石。

就粗暴地辱骂了他。但哈桑什么也没有说，提起武器，狂暴地独自冲进攻来的敌军阵中，最后被敌军吞没。我在读到这段时心里不禁想到，哈桑此举或许并不是想要证明自己，而就是头脑发热；或许并不是天性勇猛，而就是一时气急。

所以，如果你看到一个人昨天还无比勇敢，今天却畏首畏尾，也没有什么可惊讶的：他昨天之所以浑身都是胆，可能是因为他愤怒、他别无选择、他身边有朋友在撺掇、他喝了一瓶酒，甚至是因为他听到了一声激昂的号角。这样的勇气并非出自理性，而是情势使然。所以，一旦情况发生逆转，他的勇气就会发生改变，这并不奇怪。

我们身上的这种变幻不定、自相矛盾如此难以捉摸，使一些人不禁联想到我们可能有两个灵魂，还使一些人觉得有两种力量在伴随着我们，分别在用各自的方式驱动着我们，一种令我们趋向善，而另一种则令我们趋向恶。这是因为这些人都认为，难以想象诸多令人意外的不同行为会是同一个单一主体所为。

令我游移不定的，并不只是不同事件的风向：我的游移、我的混沌也是由我自身的不稳定性造成的。人只要好好审视自己，就会发现自己几乎不可能两次置身于同一种状态中。我的灵魂时而呈现出这样一副面孔，时而又呈现出那样一副面孔，取决于我把它翻到了哪一面。我在谈论自己的时候有各种不同的方式，是因为我会使用不同的眼光去看待自己。我总能从自己身上发现各种各样并存着的矛盾：有时我很腼腆，有时又很傲娇；有时我很纯洁，有时又很猥琐；有时我很健谈，有时又很沉默；有时我很活跃，有时又很懒惰；有时我很聪明，有时又很愚钝；有时我很阴郁，有时又很活泼；有时我会骗人，有时又很诚实；有时我很博学，有时又很无知；有时我很挥霍，有时又很吝啬……随着审视角度的变化，就能看到所有这一切特性都或多或少地存在于我身上。任何一个人只要认真透彻地审视自己，都能从自己身上发现这样一种摇摆不定、不相谐和的现象。在谈及我自身的任何一点时，我都不可能使用绝对的、纯粹的或坚定的口吻毫不糊涂地、毫不混沌地、干脆了当地加以概括。因为"具体情况具体分析"才是在我的逻辑之中贯彻得最为全面的准则。

我坚定地认为，对于美好的事物就应该加以赞美，而且我总是倾向于呈现事物美好的一面。我们所处的奇特境况导致我们在自身缺陷的推动下总是把事物想得过于美好，似乎美好的行为只需要有美好的意愿就够了。其实，我们不应该仅从一次勇敢的行为就下定论说做出此举的人英勇无畏：只有无论何时何地都英勇无畏，才是真正的英勇无畏。如果说一个人身上的勇气真的是一以贯之的常态而不只是一时之振奋，那么他就应该成为一个敢于应对一切意外状况的人，不论他是落单还是结伴，也不论他是与人打斗还是参加战斗——因为无论如何，生活中的勇气和战场上的勇气都是一回事。而对于疾病的折磨，他也应该能用对待在战场上的负伤同样的勇气去加以面对；不管是死在家里，还是死于战斗，他应该都无所畏惧。那样的话，我们就不会看到同样一个人在冲向敌阵时慷慨雄壮得像个大丈夫，而在输掉官司或失去孩子时嘤嘤啼啼得似个小女子。

而如果一个人在污辱面前不敢作声，而面对穷困时却坚忍不拔，在医生的手术刀前心惊胆寒，而面对敌人的刀剑时却勇往直前，那么值得称赞的就是这些行为本身，而不是做出这些行为的这个人。

西塞罗说，许多希腊人看到敌人就感到害怕，对于病痛的折磨却表现得很坚强。而辛布里人和凯尔特伊比利亚人则恰恰相反。"凡事本无定规，皆不可一概而论。"[1]

_____

[1] 出自西塞罗的《图斯库鲁姆论辩集》。

就勇敢而言，无人能出亚历山大大帝之右。但亚历山大之勇也是有局限的，既不完美彻底，也没有贯通所有的方面。虽然他的勇敢无与伦比，但也存在一些缺憾。比如他捕风捉影地猜忌属下想要谋害他的性命，甚至在这种害怕的搅扰下丧失理智，以至于在进行相关调查的过程中做出了极其暴力、极其不公的行为。同样，他的极度迷信也令人觉得他内心还是有一些怯弱的。而他在杀死克利图斯①后表现出的懊悔，也反映出了他性格多变的一面。

我们呈现给世人的面貌都只是一些挑选出来的片段的组合。"人人都说不图享乐，却都受不得丁点折磨；人人都说不求荣耀，却都担不起丝毫非议。"②所以说，我们都是想要博取那虚假光环笼罩下的荣誉。然而美德却要求我们在践行美德时别无所图；要是我们偶尔想打着它的旗号去谋求其他目的，它就会立即扯掉我们的面具。美德是一种

① 马其顿王国腓力二世和亚历山大大帝时期的将领，也是亚历山大的好友，曾经于格拉尼库斯河战役中救过亚历山大的性命。一次在亚历山大在撒马尔罕的酒宴中，克利图斯大声斥责其忘了马其顿人的传统而喜好腐败的东方生活风格，被喝醉的亚历山大在大怒之下失手杀死。

② 出自西塞罗的《论诸神的本性》。

强劲顽固的染料，一旦它渗透到你的灵魂里，就再也甭想把它剥离出来，除非你把自己的灵魂也撕扯下一块来。所以要评价一个人，就必须对他进行长久而仔细的观察。如果他所表现的守恒不是发自本性，而是"在审时度势后做出的选择"，[1] 如果情势的变化会使他改变步伐（确切地说是"使他改变路线"，因为加快或放缓步伐是可以接受的），那么就随他去吧，因为这样的一个人，正如塔尔博特的一句名言所说的那样，就是一个"随风飘游"之辈。

一位古代作者（塞涅卡）说过，我们本来就是活在偶然之中的，偶然对我们的影响如此巨大也不足为奇。一个人如果不为自己的生活确立一个大致的方向，就无法安排好自己的具体行动。要是头脑里缺乏对于整体的概念，就不可能部署好每一个细节。如果不清楚自己要画什么，光是买颜料有什么用？没有人能为自己的人生做好全面的规划：大家都是走一步看一步的。就像弓箭手一样，必须首先搞清楚自己要瞄准的靶子在哪里，才能摆开姿势，张弓，搭箭，拉弦，用恰当的力道把箭给发射出去。

我们的行动遭遇失败，常常是因为它们既没有方向也

---

[1] 出自西塞罗的《反论》。

没有目的。对于没有确定目标港口的航船来说，任何方向吹来的风都是逆风！当索福克勒斯受到自己儿子指责时，人们都纷纷表示站在索福克勒斯一边。对此我不敢苟同，因为我们不能只是读过他创作的悲剧，就认定他有能力处理好自己的家务。

同样，在我看来，那些受命前往米利都施行改革的帕罗斯人所做出的判断也缺乏充分的依据。他们在视察米利都岛的过程中，特别关注到了一些耕作良好的田地和修葺得当的屋舍，并记下了它们主人的名字。随后，他们便召集了市民大会，任命那些人为新的市政官员和法官，因为他们认为那些人既然能够细心处理自己的私事，也就能够同样细心地对待公共事务。

我们每个人都是由众多零散的部件按照不同的结构和多变的形式组合而成的，组成我们的每个部件每时每刻都在发挥着各自的作用。所以，我们和我们自己之间的差别一点也不比我们与他人之间的差别少。"始终守恒如一何其难哉。"①

要知道，野心也可以使人变得勇敢、克制、大度，乃

———————————

① 出自塞涅卡的《道德书简》。

至充满正义感；贪婪也可以令终日躲在阴暗角落里碌碌无为的平庸之徒在心里鼓起勇气远离家乡，登上一叶轻舟去海上迎击风浪，学会为人低调、做事谨慎；而爱情也可以使那尚在接受棍棒"调教"的少年学会果敢和坚强，使那备受母亲呵护的少女柔弱的心灵受到磨砺，

> 在维纳斯的指引下，年轻的姑娘
> 悄悄从熟睡的守护者身边溜开，
> 独自闯入那黑暗里去幽会情郎。[1]

所以，仅仅依据外在的行为表现来对一个人做出评判并不明智，必须要考察得更加深入一些，要探明到底是什么样的动力在驱使着这个人行动。不过，这样做有相当大的风险——我还是希望尝试的人越少越好。

---

[1] 出自提布卢斯的《哀歌》。

明天再说吧

　　我觉得，若叫我来给法国所有的作家论功行赏，那么雅克·阿米欧[1]合当获得头奖。首先，因为他的语言自然纯净，超越了所有人；同时，因为他对待这项耗时漫长的工作做到了持之以恒且学识渊博，才能如此圆满地把这样一位文思奇崛的作家呈现给我们。纵使旁人议论纷纷，我也不会更改这个选择。诚然，我对希腊语一窍不通，但从雅

---

[1] 欧洲文艺复兴时期法国人文主义者。他以翻译古希腊作家的著作而闻名，最著名的译著是普鲁塔克的《希腊罗马名人传》(1559年)，这本译著不仅对法国文学产生了影响，而且在被转译成英文后，为莎士比亚创作罗马历史剧提供了历史素材。

克·阿米欧的译文来看，其所表达的意义精准贴切，显然，他真正参透了原作者的思想，或者说他与普鲁塔克神交已久，所以普鲁塔克的精神本质得以和他的精神融为一体，以至于他在翻译普鲁塔克时找不到半点可违逆反驳的理由。当然，最重要的原因是，我对雅克·阿米欧充满感激，因为他精心挑选了这本如此高尚的书籍①并如此贴心地将它做成礼物送给了自己的国家。

要是没有这本书把我们从泥潭中拉出来，我们这些无知的人定会迷失方向。亏得有它，我们才敢在当下之时发声写作；女士们才能仗着它去与经院的大师们理论。简单地说来，这本书就是我们每日必读的宝典。如果这位优秀的译者尚在人世，我建议他再去翻译一下色诺芬的作品。翻译色诺芬会比较轻松，所以会更适合高龄的译者。还有，不知为何，我总感觉虽然他对那些艰涩的篇章段落处理得非常娴熟，但他的译文语言风格还是在不受困难制约时更加自然流畅。

我恰好读到了普鲁塔克谈及自己的这一段。他说，鲁

---

① 指的是普鲁塔克的《道德论集》，于 1572 年由雅克·阿米欧译成法文在巴黎出版。

斯提库斯在罗马参加他的一次讲座时，收到了皇帝写的一封信，一直等到讲座结束才打开信封。他说，在场的人士因此都称赞此人为人稳重。普鲁塔克所谈论的正是关于好奇心的问题。他认为好奇心是一种对"新鲜感"的贪恋，它会令我们为了和新来的人说说话而急急忙忙地抛开其他一切事情，会令我们在一收到别人给我们带来的书信时就不顾礼节、不分场合地急切拆封。所以，普鲁塔克夸奖鲁斯提库斯为人稳重确实有道理。其实，他还可以再加上一句表扬，那就是鲁斯提库斯不愿打断他的演讲，这体现了他有文明有教养、愿意为他人着想。不过，反过来想，可不可以称赞鲁斯提库斯的做法很明智、很聪明呢？我不确定。要知道，突然收到一封信，况且还是皇帝写的一封信，而不立刻打开来读，是有可能会造成一些不测的后果的。

和好奇心相对立的一种缺点，就是漫不经心。我的天性里就很有这种倾向。我还见过一些人漫不经心到了这样的程度：在收到别人寄的信三四天之后，他们依然还把它揣在口袋里，没有拆封。

我从不私拆属于他人的信件，不管它是别人托我转交的，还是碰巧落在我手上的。当然，当我正好站在某个大人物的身边，而他又正好在看信的时候，我的目光就可能会不小心瞄到信中的一些重要内容，但我觉得那只是一种下意识的行为。从来都没有人比我更不好奇、更不喜打探他人事情的了。

我们父辈时代的布蒂耶尔殿下因为饮宴宾朋而没有及时阅读一封提醒他城里正有人预谋叛乱的信件而差点丢掉了他镇守的都灵城。普鲁塔克也告诉我们，恺撒在被谋反者暗杀的那一天，如果在前往元老院之前先看了别人呈交给他的那份文件，可能就不会葬送性命。普鲁塔克还讲了底比斯暴君阿基亚斯[①]的故事。就在佩洛庇达斯[②]决心杀掉他以恢复国家自由的当夜，他收到了另一位名叫阿基亚斯的雅典人给他写的一封信，信里向他逐项告知了他即将面临的事情。但因为他收到这封信时正在用午膳，所以并未当即展读信件，而是说出了后来成为希腊谚语的一句话："明天再说吧！"

我认为，一个明智的人出于对他人利益的考虑，比如

---

① 阿基亚斯是斯巴达人扶植的底比斯暴君。公元前378年某日，他在用午膳时收到一封警告有人要刺杀他的书信，但他没有展信阅读，而是说"明天再说吧"。结果当天夜里，他就被人割喉。

② 底比斯政治家，民众党领袖，伊巴密浓达的终生好友。他于公元前378年杀死亲斯巴达的阿基亚斯，恢复了底比斯的民主制度。

像鲁斯提库斯那样，为了不干扰正在进行中的会议，或者为了不打断一件重要的事情，是可以推迟阅读收到的信件或报告的。但若是出于自己的利益或喜好，比如为了不中断午餐或睡眠而拖延此事的话，那就不可原谅了；对于身负公职者来说尤其如此。在罗马，餐桌上最尊贵的席位叫"执政官席"，因为那是一张空间最大、最方便旁人前来与坐在该席位上的人交谈的位子。这也反映出，即便在用餐的时候，罗马人也不会轻忽自己的职责，始终对正在发生的事情保持着关注。

话说回来，在关乎人类行为的层面，要想合理地制定出一条能够防止一切意外的明确规则，总归是很困难的。

论残忍

对美德的追求和人们与生俱来的那种简单的对善的向
往并不是一回事，前者要高尚得多。天生理性善良之人与
追求美德之人在心灵上步调一致，在行为表现上也具有共
同之处，但生性良善之人一般都满足于安稳地听从理性的
指引，而追求美德之人却常常体现出一种难以言状的大气
度和积极性。如果你因为天生性格温良而不在意别人对你
的攻讦，这自然很好，也值得赞扬；但如果你在受到他人
攻击而出离愤怒之时还能使用理性的武器来对抗自己复仇
的欲望并通过艰苦的内心斗争来战胜它，那就更好了。前
者是行为端正，而后者则是处事有德。前一种态度可以叫

作"善良"，而后一种才可称为"道德"。这是因为"道德"一词仿佛就预设了要和困难、障碍捆绑，若是没有阻碍就无从践行道德。或许正是如此，我们才会说神明是"仁善""强大""宽宏"和"公正"的，但从来不会用"道德"一词来形容他，因为神明行事都是出于自然且毫不费力。

有人批评阿尔克西劳斯，说有许多人从他的学派改投伊壁鸠鲁学派，但从来没有人从伊壁鸠鲁学派转投到他的门下。他巧妙地回答道："当然啦！从来只有公鸡变成阉鸡，而绝对没有阉鸡变成公鸡的！"但实际上，就观点和教义的强硬严苛程度而言，伊壁鸠鲁学派丝毫不逊于斯多葛学派。有些斯多葛学派的人为了驳倒伊壁鸠鲁，为了在争论中占据上风，要么把伊壁鸠鲁根本没有想到过的许多话安到他的头上，要么刻意歪曲他的言论，要么到他的基本原理中搜罗一些论据或一些与他在思想和行动中所贯彻的主张相左的观点来曲解他的本意。与这些人相比，另一位斯多葛学派人士就要真诚得多了，他承认自己之所以放弃加入伊壁鸠鲁学派，主要是因为他觉得该学派之道太过高级而难以企及："都说他们耽于享乐，其实他们才是真的热爱光荣与正义，而且他们热爱并践行着所有的美德。"① 尽管如此，基于世人对这两大学派各自崇尚价值的流行看法（不过，在我看来，这种看法是错误的），我想要说的是，在哲学家中，不只是那些奉行斯多葛主义者，甚至也包括那些推崇伊壁鸠鲁主义之人，都有不少人认为光是从心灵上接受美德的塑造、调节和规整远远不够，光是把自己的决心和思想置于命运的考验之下也远远不够，而必须主动寻找机会来磨砺自己。所以，他们乐意迎接痛苦的折磨、紧迫的挑战以及他人的蔑视，因为对这一切进行抗争方能使自己的灵魂充满活力："美德只有在斗争中才能获得巨大的成长。"②

也正是因为如此，身为另外一个学派信徒的伊巴密浓达③才会拒绝接受命运以非常合法的方式交到他手中的财产，他说："我必须迫使自己与贫穷抗争。"事实也是如此，他始终让自己保持在极端贫穷的状态之中。在我看来，苏

---

① 出自西塞罗的《致亲友书》。

② 出自塞涅卡的《道德书简》。

③ 古希腊城邦底比斯的将军与政治家。他年轻时的哲学导师吕西斯是毕达哥拉斯学派的重要代表。伊巴密浓达领导底比斯脱离了斯巴达的控制，并使其跃升为一等强国，是一位理想主义者和解放者，被西塞罗称为希腊第一人。

格拉底才是对自己最狠的，因为他终日忍受自己悍妇妻子的羞辱，这样的苦修方式就是不断地往自己的伤口上撒盐。当罗马暴虐的保民官萨图尔尼努斯①企图强行通过一项偏袒民众的不公正法律时，元老院中唯一勇敢地站出来与之抗争的，是梅特鲁斯，他也因此和萨图尔尼努斯的反对者们一样被其判处死刑。他对押送他前往广场行刑的人们说："做错误的事情，实在太容易、太懦弱了；在没有危险的情况下做正确的事情，也没什么了不起的。而面临危险仍要做正确的事情，这才是有道德之人的本分。"这几句话为我的观点提供了非常清晰的证明：美德不屑与容易为伴，世人在善良天性的引导下所选择的温和平缓的路径也不在真正具有美德之人的选项之中。相反，这种人所追求的就是那种充满荆棘的艰辛道路，他们就是乐意跨越命运为了阻挡他们前行而给他们设下的重重外部障碍（比如，梅特鲁斯所遭遇的障碍），就是乐意直面自己混乱情绪和自身条件缺陷所造就的内心纠葛。

　　我的论述至此都进行得很顺利。不过，顺着这个思路

---

① 古罗马政治人物。他分别于公元前103年和公元前100年任保民官，经常利用有组织的暴乱通过立法。

刨根究底，我就想到了这样一个问题：世人都说苏格拉底的心灵堪称完美，但由此看来，苏格拉底的心灵岂不是没有什么特点可言？因为我无法想象苏格拉底的心中会萌动任何邪念。我无法想象有任何束缚或障碍能够阻止他向着美德前进。我知道，在他身上，理性具有极其强大、主导一切的力量，所以绝不可能容许滋生出半点邪恶的欲念。苏格拉底的道德这般高尚，我无可企及，只能眼睁睁地看着苏格拉底的美德迈着胜利的步伐，从容不迫地大踏步向前进，所向披靡。

如果说美德只有在和与之对立欲念的斗争中才能闪耀光芒，那么这是否意味着美德离不开邪恶的帮助，在人们加诸美德的尊敬和荣耀里也有着邪恶的一份功劳？那么，对于美德而言，伊壁鸠鲁所宣扬的那种堂而皇之的享乐又意味着什么？伊壁鸠鲁主义宣称是自己哺育了真正的美德并使其变得快乐，因为是它把贫穷、死亡、痛苦都变成了美德的玩物。一旦把持续忍受和抗击痛苦、毫不动摇地抵抗苦难的攻击预设为甄别完美道德的标准，把艰难困苦确立为完美道德必须追逐的目标，对美德的追求会变成什么样？追求美德之人会变成这样：他不仅藐视痛苦，而且在受到可怕病痛折磨之时，还会由衷地感到快乐、欣喜愉悦。

那么，伊壁鸠鲁主义者所树立的这种美德到底是什么样的呢？他们中的许多人都用自己的行动为我们留下了无懈可击的明证。

在我看来，有许多其他学派人士在实践中也超越了伊壁鸠鲁学说确立的标准。尤蒂卡的加图便是如此。看到他撕开伤口，扯出自己的肚肠而死，我不敢相信当时他的心灵里完全没有纠结，没有畏惧。我不相信他的这种做法纯粹是在遵循斯多葛主义所要求的"保持平和、冷静、镇定"的规则。我觉得，这个人对美德的践行总是充满快乐生动的气息，不可能只满足于遵守斯多葛的教义。我更愿意相信他从这样一种非凡的行为中获得了乐趣和享受，而且其快乐程度超过了他一生中任何其他活动。"他找到了赴死的好理由，所以幸福地离开了人世。"①

对于这一点，我确信无疑。我甚至觉得，要是有谁要剥夺他做出这一壮举的机会，他一定无法接受。有人说，加图应该感谢世事变幻让恺撒这个强人得以践踏祖国的自由，这才给了他使自己的美德经受如此严峻考验的机会。若不是我了解他的天性造就了他关心公众利益胜过关心自

①出自西塞罗的《图斯库鲁姆论辩集》。

身利益的特质，我一定会赞同这种看法。从他的这一行为中，我似乎读出了一种难以言表的心灵喜悦，一种极致的快乐和满腔的豪情，同时也看到了他那高贵和升华的姿态：

因决意赴死而愈发骄傲。[①]

有些人庸俗地、毫无根据地认定加图此举是企图博取美名。其实不然，因为对于他这颗如此高贵、如此骄傲、如此坚定的心灵来说，这样的想法太过下作；他的灵魂只能是受到了这一举动本身的美好的吸引：作为当事人本人，他比我们都更能清晰完整地领略到这一行为之美好。

还有一种令人信服的见解认为，除了加图以外的任何人都不可能做出如此壮举，这样一种结局只能属于加图。所以，加图建议自己的儿子及陪伴左右的众元老要各得其所，是非常明智的。"加图，因为天生出奇地认真，而且为人始终执着，所以对自己信奉的原则坚定不移，因此宁愿死也不愿在暴君的治下苟且偷生。"[②]

[①] 出自贺拉斯的《歌集》。

[②] 出自西塞罗的《论义务》。

一切死亡都应该与它所谢幕的生命一致。没有人会在死的时候突然变成另一个人；我总是从一个人的活法去理解他的死法。要是有谁告诉我说某人活着的时候很软弱，但死得却很坚强，那我只能说此人的死亡是由与他的生活无甚干系的原因造成的。

若世间有这么一个人，因为心灵强大而得以轻松容易地迎接死亡，那么能不能说这种轻松容易的死法就有损于其美德的光华呢？真正有点哲学头脑的人，有谁会真的以为苏格拉底在身陷囹圄、戴着镣铐、遭受审判之时毫无恐惧、毫不痛苦呢？又有谁能够否认苏格拉底在其弥留之际说出最后那几句话时，除了他那一如既往的坚毅执着之外，还有一种莫名的额外的满足、一种欢欣喜悦呢？而当人们为他除下镣铐之后，他终于可以用手抓挠双腿而爽到发抖，这种快乐的颤抖所反映的何尝不是他在灵魂上感受到的美妙和愉悦呢？他的灵魂终于摆脱了之前艰辛的枷锁，为迎接即将到来的事情做好了准备。但愿加图谅解我要说的这句话：在我看来，加图的死法虽然更加惨烈，但不知为何，我总觉得苏格拉底的死法才是更加美好的。有些人为苏格拉底这样的死法感到惋惜，阿瑞斯提普斯①却说："但愿众神也赐予我同样的死法！"

从这两个人物以及他们的效仿者（因为我强烈怀疑是否真能有人和他们同属一类）的灵魂中，可以看到他们都极尽完美地把美德贯彻于日常行为之中，乃至浸透了他们的心脾。对于他们而言，践行美德不再是一种辛劳，也不再是理性的命令，他们的灵魂也不再会为了要践行美德而感到紧张：美德本身已然成为他们灵魂的内在动力，成为它自然的常态。他们之所以能达到这般境界，是因为他们长年践行美德的教诲，且美德与他们那美好而富饶的天性交融在了一起。我们都可能滋生出的那些不好的意念在他们身上根本找不到渗透的路径。他们的灵魂具有坚强不摧的力量，会将一切蠢蠢欲动的邪念扼杀在萌芽之中。

我觉得，以崇高的、高尚的决心去防止自己滋生邪念，去追求美德以连根拔除心中的邪恶，比起在自己的邪念已然萌生之后才努力地去遏止它的发展，才急急忙忙地武装

---

① 古希腊哲学家，昔兰尼学派的创始人。他是苏格拉底的学生，但有着非常不同的哲学见解。他教导学生：人生的目标是通过适当的方法掌控逆境和顺境来使自身适应环境，从而获得快乐。他是享乐主义的支持者。

起来到半路去对其进行阻击并战胜它，更加令人钦佩。这一点自然毫无疑问。而同样毫无疑问的，是这后一种姿态比起生来就厌恶放荡邪恶的那种简单善良的天性更加值得嘉许。因为在我看来，这最后第三种处世方式所造就的只能算是天真的老实人，而算不上有道德的人：这样的人虽没有做恶的能力，但也没有足够的能力来做正确的事情。况且，这样一种处世态度近乎人格上的软弱和缺陷，我都不知道该如何划出它们之间的界线，该如何把它们区分开来。

正因为如此，"善良"和"天真"这类词本来就略含贬义。我还要指出，有些人之所以具有贞节、朴素和节欲这样一些品德，可能只是受到了自己身体缺陷的限制……有些人在危险面前显得非常坚强，对于死亡不屑一顾，在遭受命运打击之时也不为所动，可能只是因为他们对于自己面临的情形做出了错误的判断，没有正确地认识自己所处的境况到底意味着什么。有时，理解力低下和愚蠢的反应看上去和道德高尚的行动非常相似。而且我发现，有很多时候，我们称赞一些人的一些行为，而实际上，他们的那些行为本该受到批评。

一天，一位意大利的爵爷当着我的面发表了一番不那

么有利于他自己国家的言论。他说，意大利人的心思极其
细密，想法极其活络，总是提前很长时间预想可能遭遇的
不幸和危险，所以常常可以看到，意大利人在战争中即便
还没有遇到任何实际的危险，也总是非常注重安全，这其
实没有什么好奇怪的；西班牙人和我们法国人就没有那么
细腻了，表现得就更加令人称奇了，因为我们非得要亲眼
看到、亲手摸到危险的存在才会感到害怕，到头来反而斗
志全无了；而德国人和瑞士人则比我们还要粗心蠢笨，他
们在遭到打击之时都不知道该如何恢复镇定。这位爵爷的
这番话大概是为了说笑，不过也确实如此，在打仗的时候，
新手们总是会轻率地令自己陷于险境，只有在尝过苦头之
后才不再那么冒失！

　　终于明白了那种想要在战争中博取荣华、
　　通过战斗来出人头地的美好愿望到底意味着什么。①

　　所以说，在对一个人的某一行为做出评判之前，必须
要把他做出该行为的情境以及他是一个什么样的人都全面

————————————————

① 出自维吉尔的《埃涅阿斯纪》。

考虑进去。

　　再来说说我自己吧。我的朋友们有时夸我做事"聪明"，其实那不过是我运气好；他们有时还称赞我的勇敢耐心，其实那是因为我思路和观点正确。他们总把我的行为归结到另一个原因上，有时对我谬赞有加，有时又令我蒙受委屈。就我的实际情况而言，那把美德变成习惯的第一层完美境界实在遥不可及，其实我连第二层境界都没有真正做到。我并没有尽多大的努力去驾驭自己不时冒出的欲望：我所表现出来的美德，或者应该说我所表现出来的天真，其实都得之于偶然和幸运。要是我生性不这么自律的话，恐怕我的生活就会落入一个相当可悲的境地，也就不会有足够的坚强来掌控自己稍许强烈的情绪了。我这个人不知道该如何与自己进行争辩，也不知道该如何说服自己。所以我没有沾染上某些恶习，必须要心怀感激：

　　　　我这个人的缺点既不多也不算严重，

　　　　是因为我的天性总的来说还算不错，

　　　　好似那略有瑕疵但不掩其美的物件。①

----

① 出自贺拉斯的《讽刺诗集》。

这一点，我更多地归诸偶然而非归诸理性。是偶然的运气让我出生在一个颇有声望的家庭，让我有了一个非常好的父亲。我也不知道到底是他把一部分好脾性遗传给了我，还是我家族的榜样以及童年时受到的良好教育产生了潜移默化的效果，或者也许我生来便是如此。

也许我的出生受到了天秤座或天蝎座

那令人生畏的目光的注视，抑或

又得到了统领埃斯佩里的摩羯座的关怀。[①]

对于大多数的邪恶，我从来都是发自内心地厌恶。有人向安提西尼请教我们需要学习的最重要的东西是什么，他的回答是"不学坏"——大概强调的也是这一点。我可以说，我对邪恶的厌恶是非常自然、非常自我的，这是我从母乳中汲取的一种本能，一直保留至今，从来没有任何事情能够动摇我对邪恶的这种厌恶。即便是我自己所做出的判断也不例外：要知道，我的判断会不时地偏离世俗的看法，所以很容易把我引向一些我天性厌恶的行为。

———————————————

[①] 出自贺拉斯的《歌集》。

我下面要说的这句话很奇怪，但我还是要把它说出来：我发现我在行动上比起在思想上更加克制，更有规矩，我的欲望比起我的理智也更循规蹈矩。

阿瑞斯提普斯在谈及享乐和财富时发表了一些非常大胆的看法，以至于所有的哲学家都群情激愤地反对他。然而他在行动上是怎么样的呢？暴君狄奥尼修斯给他介绍了三位漂亮的姑娘，让他做出选择，他回答说三个他都要，因为大家都知道帕里斯的选择导致了什么样的后果。①不过，在把她们带回家后，他连碰都没有碰一下她们，就把她们打发走了。他随行的仆人在半路上觉得背负的银钱太沉重，他就命令仆人把背不动的钱都扔掉。

伊壁鸠鲁宣扬的信条都是反宗教、重快乐的，但他在生活中却非常虔诚，非常勤劳。一次，他写信告诉一位朋友他平日里只靠面包和清水果腹，请朋友给他寄一些奶酪来，以备他偶尔改善饮食之需。这是不是意味着，要想成

① 帕里斯是古希腊神话人物，特洛伊王子。他卷入了奥林匹斯山上的女神之争，负责从赫拉、雅典娜和阿佛洛狄忒三人中选出可以拥有金苹果的最美女神。他把这一荣誉给了阿佛洛狄忒，然后来到斯巴达诱拐了斯巴达国王梅内莱厄斯的妻子海伦，因为这是阿佛洛狄忒事前答应给他的。海伦与他私奔，引发了长达十年的特洛伊战争。

为一个真正的好人，无一例外都必须依靠某种不需要法律规范，也不需要理性指导或榜样引导的天生潜质？

我也有过几次放纵自己的行为，但感谢神明，那些行为都算不上严重。我已经在心里对它们给予了应有的谴责，因为我的判断力并未受到它们的影响。而且，正因为做出那些行为的是我自己而不是别人，所以我对它们的谴责才愈发严厉。不过，也仅此而已，毕竟目前我对这种放纵的抵抗还很薄弱，我会很轻易地任由自己滑向天平的另一端。不过我会注意节制并防止它们与其他的恶掺和在一起，因为如果不加注意的话，恶是会相互交流并彼此串联起来的。我会把自己的邪念分别囚禁，使它们互相隔绝并尽可能地保持在简单的状态。

我不会惯着自己作恶。[1]

斯多葛派说智者在行动时，即使该行动只与某一项美德明显相关，也会调动所有的美德（关于这一点，可以拿人的身体来做一个类比，比如人在发怒之时，虽然占主宰

---

[1] 出自尤韦纳利斯的《讽刺作品集》。

地位的情绪是愤怒，但也需要调动人体全部的冲动都参与进来，愤怒才能爆发出来）。然而，他们由此得出了这样一个结论，认为一个人在犯下一个错误之时也是调动了他所有恶念的共同参与，对于这一点，我就不敢苟同了。或者说，我无法理解他们的这一观点，因为我所感受到的恰恰相反。这也反映出这个哲学门派有时对于一些不切实际的细枝末节太过关注。

对于一些恶，我会放任自流；但对于另一些恶，我会极力避免。圣人所做的也不过如此。

对于这种把所有的恶都视作一个不可分割的整体的观念，逍遥学派①也提出了质疑；亚里士多德也认为智慧公正之人也可能纵情声色，放浪形骸。

有些人从苏格拉底的面相中察觉出了一丝恶的气息。苏格拉底便向他们承认自己的天性里确实有恶的倾向，但他通过给自己定下的规矩，纠正了这种倾向。哲学家斯提尔波的家人说斯提尔波生来就迷恋酒色，但通过自己的努

---

① 又译漫步学派，是亚里士多德及其弟子建立的哲学学派，是古希腊四大哲学学派之一。公元前335年，亚里士多德从马其顿返回雅典后，在吕克昂创立了自己的学校，他与学生常聚集于此，边散步边讨论学术，故而其学派被称为逍遥/漫步学派。

力戒除了这两种恶习。

与他们相反，我把自己的优点归功于天生的造化：我的优点既非得之于法律的规范，也非得之于老师的教导，也不是通过学习获得的。我的优点就是天真，我的天真是天生的。它不具备强大的力量，也不是人为塑造出来的。在所有的罪恶当中，我最痛恨的就是残忍。无论从本能的直觉来说还是从理性的判断而言，我都视残忍为一切罪恶的极致。而这就导致我的内心变得极其柔弱，连见到杀鸡都会感到难过；尽管狩猎能令我感到愉悦，但我也听不得野兔被猎犬撕咬时发出的呻吟。

那些批判欲望的人为了证明欲望是邪恶和非理性的，总是拿这样一个事实来作为论据，即欲望达到炽盛之时就会完全占据我们的心灵，以致理性无从突围。他们甚至拿我们与女人交媾时的感觉作为例证：

当肉体预感到性高潮即将来临，

爱神已然准备在女人的田地里播种。①

---

① 出自卢克莱修的《物性论》。

他们真的觉得，当我们的理性被肉欲俘虏和麻痹时就无法发挥作用，我们就会在性高潮的裹挟之下失去自我。

然而，我却知道，这事儿其实是可以有另一种发展方向的，只要你愿意，有时候是可以做到把你的心灵转移到其他思绪上去的；不过，这需要时刻紧绷心弦方才能够做到。我知道我们是可以控制这种快乐的力道的，对此我自己就有过亲身体验：我并不觉得爱神维纳斯像某些比我更加纯洁的人们所宣称的那样蛮不讲理。至于在和倾心已久的梦中情人单独过夜时安分自如地恪守自己对她只亲吻抚摸而不做他图的承诺，我不会像纳瓦尔王后在其《七日谈》（那是这类书籍中很好的一本）的一则故事中所说的那样将这种事情视为奇迹，也不认为这是多么难以做到的事情……或许，用狩猎之乐来举例更加贴切，因为与男女之事相比，狩猎的快乐程度更低一些，而兴奋和意外的程度却更高，这就使得我们的理智没有闲暇为会遇到的事情做好预先的准备。经过漫长的搜寻，猎物突然在不曾预料到的地方出现在我们眼前……那时，我们就会惊喜、兴奋得尖叫起来；对于喜爱狩猎的人来说，要把心思转移到其他方面当然不容易。诗人们不是说狩猎女神戴安娜总要胜过手执金箭和火炬的丘比特吗？

沉浸在狩猎的乐趣之中，

谁还会记得爱情的烦恼？ ①

　　还是回到残忍这个的话题上来吧，我总是对他人的不
幸充满同情，很容易因为受到感染而落泪哭泣，有时，甚
至会不分场合地大哭。再没有什么比别人的眼泪更能引我
落泪的了，而且不论别人的眼泪是真心的，还是假意的或
假装的，对我来说都有同样的效果。我不怎么同情已死之
人，反倒羡慕他们；但我非常同情将死之人。野蛮人烤食
死人的尸体并不特别令我反感，更令我感到气愤的是他们
在人活着的时候对其进行的种种伤害和折磨。即便是依法
执行的死刑，无论多么有道理，我也不忍目睹。

　　有的人 ② 为了证明恺撒的宽厚仁慈而宣称："恺撒连在
报仇时都很温和。在打败了曾经劫持自己换取赎金的海盗之
后，他按照自己之前对他们发出的威胁判决把他们钉在十字

----

① 出自贺拉斯的《长短句集》。

② 指的是罗马帝国早期的著名历史学家苏维托尼乌斯（Gaius Sueto
Anius Tranquillus,公元 69—122 年），他创作了《罗马十二帝王传》。

架上；不过，他是先把他们绞死之后才钉到十字架上去的。"而对于企图对他下毒的秘书费洛蒙，他也只是简单地将其处死，而没有寻求以更加痛苦的方式进行惩罚。这位古罗马作者何以会把只杀死冒犯过自己的人当成一位帝王宽仁的明证，则不必多说了。由此不难看出，古罗马诸暴君惯常的残忍行径之卑劣可怖达到了何等令人惊悸的程度。

在我看来，在司法中一切超乎死亡的惩罚都纯属残忍。对我们来说尤其如此，因为我们都有一个渴望，就是要把我们的灵魂完整地交还给神明，而一旦灵魂遭到难以承受的酷刑的破坏而绝望，就不可能做到这一点。

不久前，一位被囚的士兵从监禁自己的高塔上望见下面广场上聚集的人群，还有一些木工在搭着架子。他以为那是在为自己的行刑做准备，于是他下决心自杀。但他可以用来完成自杀的工具，就只有碰巧得到的一枚旧车钉。他就用那枚钉子猛刺了自己的喉咙两下，但还是没有死，所以第三次时，他举起钉子刺向自己的腹部，把钉子插进了肚子里。第一位进入他牢房的卫兵发现他奄奄一息地躺在地上。于是，他们抓紧在他弥留之际向他宣读了对他的判决。在听到自己只是被判处砍头时，他仿佛恢复了一些气力。他同意喝下一开始被他拒绝的那杯酒，并且感谢法官们对他做出的这份意料之外的轻判，并且说自己之所以选择自杀是出于担心要面临一种充满折磨的难以承受的死刑。因为他看到广场上正在进行的准备工作，就以为他们要让他在死前经受一番可怕酷刑的折磨。而现在，他知道自己所要接受的只是砍头，就一下子如释重负了！

如果一定要用这种严厉的酷刑来警示民众各尽其责，我建议不如把这样的酷刑施加在罪犯的尸体上。因为对于民众来说，看到罪犯死后尸体不得安葬，还被烹煮分尸，其效果和看到罪犯在活着时受酷刑折磨是一样的——虽然实际上这样的做法可能没有任何意义，正如神明所言："他们把尸体再杀一遍，然后也就没有什么可做的了。"[1] 而在诗人们的笔下，这类做法给人造成的恐怖感比之死亡本身更甚：

国王被烤得半熟，骨头都暴露出来，

滴着焦黑的血，在地上被拖去拖来。[2]

---

[1] 出自《圣经》之《路加福音》12:4。

[2] 出自西塞罗的《图斯库鲁姆论辩集》。

一天，我去到罗马，当时正要处死一个臭名昭著的盗贼卡特那。刽子手干脆利落地绞死了他，并没有激起围观群众的任何情绪反应。但当分尸环节到来之际，刽子手每砍一刀，人群都会发出哀鸣惊叹之声，仿佛每个人都把自己的感受代入了这具尸首里似的。

　　这类极端非人的刑罚应该施之于已死的皮囊，而不应该加之于活着的身躯。比如，阿尔塔薛西斯就曾经在一桩案件中减轻了波斯旧法的严酷程度：那些未尽职守的贵族依惯例本应遭受鞭笞，但他只是令人剥下他们的衣服，用他们的衣服代替他们接受鞭刑；按往常的做法，他们还应被拔掉头发，而他也只是令人摘掉他们的帽子。

　　埃及人极其虔诚，但他们却认为在祭祀时用涂画出来的猪的模型作为献祭就足可令神明满意。这种做法真可谓一项胆大包天的发明，因为他们竟敢用画出来的赝品来报答如此重要的神祇！……

　　由于我们的内战导致的混乱，在我生活的这个时代，邪恶造就的可怕事例比比皆是。整个古代历史中也找不到比我们当下每天见闻更糟糕的事情了。尽管如此，我还是根本无法习惯这样的残忍。在亲眼看到之前，我本来不相信真的会有人心肠黑到做出杀人取乐的事情来。他们用斧头砍掉活人的四肢，乐此不疲地发明各种奇怪的酷刑，制造新的死亡。而且他们做这一切，既不是为了复仇，也不是为了谋利，他们唯一的目的只是为了欣赏遭受可怕折磨之人在垂死之际做出的悲惨挣扎的动作、发出的凄厉哀号和呻吟。这样的行径真正是残忍至极。"竟有人杀人不是因为愤怒，也不是出于恐惧，而就是为了观赏他的死去……"[1]

就我而言，每每看到人们追杀那些既没有攻击人类又没有自卫能力的无辜动物时，心里都会很不舒服！我还常常看见有的鹿在奔逃到精疲力竭、走投无路之际转过身来向追逐它的人们投降，乞求人的怜悯：

泣血悲鸣，
宛如身陷困境的精灵……[2]

这样的场面总是令我极度不适。

每每抓到活物，我都会将其放生山野。毕达哥拉斯买下渔夫和捕鸟者的猎获，也是为了放生。

---

① 出自塞涅卡的《道德书简》。

② 出自维吉尔的《埃涅阿斯纪》。

我相信刀剑嗜血
总是从动物开始。①

嗜杀动物反映了人天生具有残忍的倾向。

在罗马，人们看惯了动物相斗的场面，便想着要看人的互搏，所以有了角斗士。这恐怕就说明了是大自然赋予了人类这种非人的倾向。没有人乐意看动物相亲相爱，所有人都爱看它们相互撕咬，相互残杀。

请不要嘲笑我对动物的同情：神学本来就要求我们要宽待它们。神学认为，是同一位主人把我们安排在这座宫殿里为他效劳，所以动物和我们一样都是他的家人。神学还嘱咐我们要心怀尊重、心怀感情地对待动物。毕达哥拉斯则从埃及人那里引进了灵魂转世的说法，许多民族的人们都笃信这种说法，也包括我们的德鲁伊教祭司：

灵魂不死；离开住地之后，

---

① 出自奥维德的《变形记》。

它会另寻新居安顿下来。①

　　古代高卢人的这种宗教认为灵魂是永恒的，总是在运动着，从一个躯体转移到另一个躯体。高卢人还把这种奇幻的想法与某种神圣正义的观念联系在了一起：他们认为神会根据灵魂这一世的表现来为其指定下一世居住的身体，决定其下一世生活的条件是舒适还是艰难。

　　神把不同的灵魂关到不同动物的身体里：
　　残忍者的灵魂关进熊的身体里，
　　偷盗者的灵魂关进狼的身体里，
　　狡诈者的灵魂关进狐狸的身体里；
　　让他们在漫长的岁月里，
　　历尽千般变化，
　　让他们在遗忘的河水里净化，
　　这才允许他们恢复成人的形态……②

---

① 出自奥维德的《变形记》。

② 出自克劳狄乌斯的《在鲁菲诺》。

如果灵魂在这一世非常英勇，下一世就会住进狮子的身体里；如果耽于享乐，就会住进猪的身体里；胆小怯弱的，转世成鹿或兔子；机灵狡猾的，转世成狐狸；诸如此类，不一而足……直到灵魂通过惩罚得到净化，才能重新转世为人。

我记得自己参加过特洛伊战争，
当时我名叫欧福布，是庞代的儿子。[1]

至于我们人类与动物之间的亲缘关系，在此我就不做赘述了。世上的许多民族，尤其是那些最古老、最高贵的民族，不仅把动物当作伙伴纳入到社会生活之中，还赋予动物远高于自己的尊崇地位。这一点我也不去细说了，因为有的民族不仅把动物视作神灵的家人和宠物，对其报以比对人更大的尊重和爱慕，还有的民族干脆就不承认除了动物之外的其他神灵：

野蛮的民族把动物当成神来崇拜，并从这种崇拜中获

---

[1] 出自奥维德的《变形记》。

益。①

　　有的民族崇拜鳄鱼，有的民族敬畏吃蛇的白鹳；

　　有的地方长尾猴子的黄金雕像闪闪发光；

　　还有许多城市，有的尊崇鱼，有的敬拜狗。②

　　对于这类荒唐的现象，普鲁塔克做出了非常合理的诠释，还他们以尊严。他说埃及人所崇拜的并不是猫或牛本身，而是这些动物所代表的神性：牛代表的是坚忍勤力，猫代表的是生命的活力以及——像我们的邻居勃艮第人和德国人所认为的那样——绝不接受被囚禁束缚，也就是说猫象征着一切神性中他们所最热爱、最推崇的自由。其他动物也分别代表着其他神性。有一些人非常温和地发表了自己的观点，试图证明我们人类与动物何其相似、动物在多大程度上拥有人类自以为独有的能力、我们可以在多大程度上把动物与人相提并论。每每听到此类言论，就会大为降低我对于自己身为人类的骄傲自负，就会心甘情愿捐

---

① 出自西塞罗的《论诸神的本性》。

② 出自尤韦纳利斯的《讽刺作品集》。

弃人类自我加冕的凌驾于其他生物之上的虚幻的主宰地位。

当然，这一切都是值得探讨的。同样值得探讨的是，我们不只对于有生命、有感觉的动物，应该给予一定的尊重、承担某种源自人道的责任，而且对于树木植物也应该给予同样的尊重、承担同样的责任。我们应该以正义来对待人，也应该以仁善来对待其他能够感知仁善的生物。我们和它们渊源颇深，彼此负有义务。我可以坦然承认自己天性幼稚而温柔，所以我的狗即使在不恰当的时机向我提出嬉戏玩耍的要求，我也几乎从不拒绝。

土耳其人甚至为动物提供收容和医疗服务。古罗马人感激鹅守护卡皮托利山的功劳，① 设立了专事喂鹅的公共部门。雅典人曾经颁布命令，对所有参加过帕特农神庙建设的骡子予以放生，并要求人们任由它们在任何地方无拘无束地进食。

阿格里真托的人们有一个习惯，就是庄重地安葬自己喜爱的动物，比如那些曾经建立不凡功绩的马匹、曾经为人们服务的犬只和鸟类，甚至曾经陪儿童玩耍的动物，都

---

① 公元前390年，高卢军队进攻罗马。卡皮托利山上的鹅发出的叫声惊醒了罗马的守军，使其免遭敌人的突然袭击。

能享有这样的待遇。那里的人们做什么事情都讲究排场，这一点尤其体现在他们为动物建造的许多气派的坟墓上：历经几个世纪的岁月，那些坟墓仍然清晰可见。埃及人则会把狼、熊、鳄鱼、狗和猫安葬在圣地里：他们会给这些动物的尸体涂抹上防腐的香料，并为它们的死亡进行服丧。

客蒙^①为自己的几匹牝马建立了一片纪念墓园，因为他就是借助它们三次赢得奥运会的赛马奖。老科桑西普斯^②把自己的狗葬在一个海角上，那个海角后来就以此得名。普鲁塔克则说，要是为了贪图小利而把长年为自己服务的牛卖给屠夫，定会良心不安。

---

① 古希腊雅典城邦的一位政治领袖，是马拉松战役英雄小米太亚德之子。他曾经担任雅典十将军，隶属于雅典亲斯巴达的保守派。

② 公元前5世纪前后的古希腊政治家与将军。他曾掌握雅典的政治权力。他在公元前479年执政期间曾击败入侵希腊的波斯阿契美尼德王朝的军队。

论调节意志的方法

要说我与一般人有什么不同，那就是很少有什么事情能够扯上我，或者更确切地说很少有什么事情能够纠缠住我。人扯上事情是很正常的，只要不被事情缠住就好。我的这项优点是天生的，在我身上根深蒂固，我还特别注意通过实践和思考来进一步强化、巩固它。我的视力很好，但很少把目光专注于什么；我的心思敏锐细腻，但要我专心地去琢磨什么，我就会觉得犯难、麻烦。我很不愿意掺和别人的事情。而对于自身，我会尽可能地专注。不过，即便是在这一方面，我也要拉好、控制好天性的缰绳，以免自己太过于投入，因为"我自己"是一个必得借助他人的帮助才能把握的问题，在这个问题上，命运拥有比我更多的发言权。所以，即便是在对我极其重要的健康问题上，我最好也不要追求得太过急切，关注得太过热烈，以至于稍微生点什么毛病就惊惶不已。人应该在对痛苦的憎厌与对快乐的热爱之间找到平衡，柏拉图也建议人们选择一条介乎两者之间的生活道路。

然而，对于那些可能使我偏离自己、把我扯到别的事情中去的种种热情，我都极力反对。我以为，做人必须做到乐于帮助他人，但只为自己倾情付出。我的意志之所以表现得很愿意为其他事情做奉献、尽心力，那只是因为我抗拒不了：我太温柔了。但不管是从天性来说，还是从实际来说——

我讨厌做事，生来只喜清闲。[①]

经过了一番激烈的争论，最后却让对手占尽上风；进行了一场热烈的追求，结果却使自己颜面无存。诸如此类的事情都可能令我的内心受尽残酷的折磨。要是我真的像

[①] 出自奥维德的《哀怨集》。

其他人那样反噬自己，我的心灵肯定无法像那些已然习惯如此的人们那样承受住那许多焦虑和不安：在这种内心焦躁的冲击之下，它一定会立即分崩离析。有时，在旁人的撺掇下，我接下了不属于我的事情，我答应接手，但不保证会为之尽心尽力；我承诺负责，但不接受它来影响我自己；照顾它，可以，但要我为它投入热情，没门。我可以监督这类事情的进展，但我不为促成这类事情付出努力。光是应付和打理我自家那一大堆令我牵肠挂肚的麻烦就够我受的了，我才不要操心和我无关的事情；光是处理我自己的重要事务就够我忙的了，我才不要再到外面去找一些旁的事务。对自己负责、对自己承担义务的人都知道生活的担子已经足够沉重，已经叫人片刻不得闲了。自己家的事情就够多了，不要再到别处去找事做了。

我们都是在出租自己的服务。我们的才智都不是为自己准备的，而是为我们所服务的人准备的；我们都不是自己的主人，租用我们才智的人才是主人。这样一种普遍的态度令我生厌。我们必须珍惜自己灵魂的自由，仅在合理的情况下将其质押，而如果秉持理性来判断，就会发现真正合理的情况少之又少。看看那些习惯于让自己扯上事情的人们吧：他们总是到处找事做，也不管事情是小还是大，也不管事情和自己有没有关系。只要有点事情做，叫他们去哪里都无所谓；如果不忙忙碌碌，他们就不知道怎么生活了。他们找活儿做只是为了让自己忙碌起来。[①] 他们并非想要去往什么地方，他们就是没法安安静静地待着，就像高处落下的石头总要不停地滚动，直到再也滚不动为止。对于一些人来说，有事做是受重视、有尊严的标识。他们的心灵就像摇篮里的婴儿一样，非要在晃动中才能寻得休憩。可以说，他们对朋友有多么热心，对自己就有多么腻烦。没有人会把自己的钱送给别人，但我们中有许多人却会把自己的时间和生命奉献给别人。我们对自己时间和生命的挥霍浪费超过对其他一切的挥霍浪费，然而自己的时间和生命恰恰是我们唯一应该吝惜的东西，吝惜它们不仅是有益的，而且值得赞扬。

再来看我的处世之道。我习惯窝在自己的一隅。一般来说，对于自己想要的东西，我的欲望都不是很强烈，而且我想要的东西很少。我在做事和行动的时候也是这样，不贪多，不慌忙。有的人在追求目标和行为处世的时候，总是把自己全部的意志与热情都投入进去。其实这样很容

---

① 出自塞涅卡的《道德书简》。

易掉进坑里去。在这世界上行走，脚步还是轻些、浅些、超脱些比较安全，才不会陷进去。一旦深陷到快乐里，就会发现快乐本身也是痛苦的：

你其实行走在火堆上，只是火被灰烬盖住了，你看不见。①

波尔多的官吏们选我担任市长，那时我人还在国外，且根本没有当官的念头，便拒绝了。但有人跟我说我的拒绝是错误的，况且国王又下了任命。担任这个职务既没有薪水，除了荣耀以外也没有任何收益，但正因为如此才愈发显得美好。这个职务的任期是两年，可以通过选举延长，但能够再次当选连任的人极少。不过我做到了，在我之前只有两个人做到过：一位是多年之前的朗萨克爵爷，另一位就是我所接任的毕隆爵爷，他还是法兰西元帅。后来接任我的则是马提农爵爷，也是法兰西元帅。我为自己有如此优秀的同事感到骄傲。

_____

① 出自贺拉斯的《歌集》。

无论在战时还是平时，他们个个都是出色的领袖。^①

　　对于我的这次升迁，偶然因素也发挥了作用，这也是绝不可忽视的。要知道，当科林斯的代表们邀请亚历山大接受科林斯城公民的头衔时，原本满心不屑的亚历山大看到这份名单上还有巴克斯^②和赫丘利^③的名字，便欣然接受并向他们表示感谢。

　　我到任时，真诚地向大家介绍了我觉得自己是什么样的一个人：我记忆力不好，没有警惕心，没有经验，也没有魄力，而且我没有仇恨，没有抱负，不贪心，也不暴力。我希望波尔多的这些先生们能够了解这些情况，并认识到对我可以抱有什么样的期待。因为他们都了解我的先父，他们就是凭着对他的怀念才会选择我来当市长，所以我特别清楚地告知他们，如果他们像我父亲在担任他们现在邀请我来担任的这一职务之时那样，用他们自己的事情或这

---

① 出自维吉尔的《牧歌》。

② 巴克斯是罗马神话中的酒神和植物神，对应希腊神话中的狄俄尼索斯。

③ 赫丘利是罗马神话中一位神化的英雄，对应希腊神话中的赫拉克勒斯。

座城市的事务来压抑我的意志的话，我会非常愤怒。我清楚地记得自己在童年之时曾经见过我的老父亲为公共事务劳心劳力的可怜样；为了公共事务，他不仅忘却了他原本在艰苦岁月中长期依恋的家的温暖，还疏于料理家务、疏于照顾自己的身体，乃至危害了自己的生活；他也认为是那些漫长而艰苦的公务旅行使他丧失了自己的生活。可他的为人就是这样，这种极大的善良就是他天生的性格。再没有比他更慈悲、更亲和的灵魂了。我赞扬他的这种处世态度，但我绝无兴趣步他后尘。我不是没有理由的。我父亲之所以如此，是因为他听惯了"做人就要为了他人而忘却自己""个体在大局面前毫不重要"这样的教条。

社会上大多数的规矩和教条都处心积虑地要把我们推离自己，把我们驱赶到公共空间里去为大众服务。这一切都是一场设计好的行动，目的就是让我们放下自我，离开自我，仿佛我们对于自我的执着、我们与自我的天然联系都是多余的。为了达到这个目的，世人当真没有忽略任何一丝一毫的细节。比如自古以来，智者们都是从各种事物具有的功用角度来赞美它们，而不是从事物的本来面目去呈现它们。因为事物的真相总是有瑕疵、有缺陷，不适合我们知晓。之所以必须经常欺骗我们，是为了不使我们陷入迷惘；之所以必须蒙住我们的眼睛、催眠我们的心智，是为了提高我们的眼力、提升我们的觉悟。"既然做判断的都是一些无知之人，那么就必须经常欺骗他们，以免他们掉进谬误里。"[1]他们要求我们在爱自己之前先要去爱那些比我们强大三倍、四倍、五倍的对象，就像弓箭手为了射中靶心就要把视线瞄向远远高出箭靶的位置一样。又如，要矫正长歪了的树木，就要把它向反方向扳直。

我想，在智慧的殿堂[2]里，和在所有其他宗教寺庙中一样，都有一些公开摆放出来展示给大家的宝物，但还有一些更隐秘、更高级的宝物是藏起来，只供自己人看的。大概只有置身于自己人当中，每个人才能找到真正的友谊：不是那种令人陷入对荣誉、学识、财富这类东西的追求中而不能自拔的虚假的友谊，也不是那种会像藤蔓破坏，乃至毁掉所攀附墙壁的、未经分辨而轻率结交的友谊——而是一种讲规矩的健康的友谊，既能提供实际的帮助，又令人感到快乐。懂得并履行友谊之责任的人堪与缪斯比肩：

---

[1] 出自昆体良的《雄辩术原理》。

[2] 若按原文直译，是"帕拉斯的神庙"，而帕拉斯是希腊神话中智慧女神雅典娜的本名，所以译者在此处根据文本逻辑将其意译为"智慧的殿堂"。

因为他已经达到了人类智慧以及尘世幸福的顶峰。这样的人确切地知道他对自己的责任，能够把自己对他人及世界的经验应用到自己必须扮演的角色中去，能够通过履行属于自己的责任和义务来为社会做出贡献。一个人，如果完全不为他人活着，也就很难为自己活着。"成为自己的朋友，就成了大家的朋友。"①

我们每个人都要履行的主要责任，就是调整自己的行为，这也是我们得以生存至今的原因。要是有谁忘记了应该要好好地健康地生活，而觉得只要建议和指引别人去这样生活就算尽到了自己的责任，那他就是个蠢货。同样，要是有谁忘记了自己也应该健康快乐地生活，却自认为能够带领别人去这样生活，那他也是个蠢货：在我看来，这样的人都站在了一个错误的、违反自然的立场上。

我不赞成人们在接受公职之后还拒绝为之付出心血、操劳和口才，还拒绝为之流汗乃至必要时为之流血：

为了朋友、为了祖国而牺牲自己，

---

① 出自塞涅卡的《道德书简》。

我毫不畏惧。①

　　不过，我希望此类付出都只是情势急需之际的必要行为，且是在行为人处于从容自若的健康精神状态下做出的；我的意思不是不要行动，而是不要在痛苦和激情的驱使下行动。行动并非难事，人有的时候闭着眼睛都能采取行动！不过，应该在具备清醒判断力的情况下做出行动则更佳，因为虽说我们的身体能够根据所承受压力的不同做出相应的反应，但我们的精神却有可能对面临的压力做出误判，从而放大和加重压力，并使自己受到伤害。付出不同的努力、承受不同的精神压力都可以做到同样的事情。行动与激情是完全可以互相分离的。每天有多少人都在与自己没有多大关系的战争中出生入死呢？多少人匆匆地投入到危险的战斗中，而其实那战斗的输赢与他们又有何干系呢？还有的人躲在自己的家里，远离着这种连看一眼都不敢的危险，却为战争的走向激动万分，心情的起伏比在战场上流血牺牲的士兵还要剧烈。所以，我可以接受公职，但决不背离自我；我可以为他人做奉献，但决不亏待自己。

———————————————

① 出自贺拉斯的《歌集》。

急切和强烈的欲望往往成事不足败事有余。因为它会使我们无法忍受不利的局面，无法接受事情进展缓慢，使我们在面对谈判对象时充满刻薄和怀疑。当我们受制于某事、被它牵着鼻子走时，我们就永远不可能做好它。

激情总坏事。[①]

在行动中富于判断和机智的人反而能够比较顺利地推进事情：这样的人能够根据情势的不同做出应对，进行改变或变通。就算没有达到目标，他也不会难过，也不会痛苦，而且很快就会为新的尝试做好准备：这样的人总是把缰绳掌握在自己手中。被难以抵挡的强烈热情所支配的人必然会由于不谨慎和不理智而出差错，因为他受到了自己狂热欲望的裹挟。他的行动往往欠缺考虑；如果没有运气的加持，就很难取得如意的结果。哲学主张我们在对使我们蒙受损害的人进行惩罚时应放下愤怒，并不是要求我们减轻对对方的报复，反而是为了我们能够更好地、更沉重地实施报复，因为愤怒导致的狂热会妨碍我们进行复仇。

---

① 出自斯塔提乌斯的《底比斯战纪》。

愤怒不仅会对惩罚的实施造成干扰，且终会使实施惩罚的人感到疲累，因为怒火中烧会冲昏他们的头脑，耗竭他们的力量。急躁也是如此，"急躁就会造成迟滞"[1]，急躁就会打乱我们前进的脚步，就会使我们脚下生绊，停滞不前。"欲速则不达"[2]就是这个道理。根据我的日常观察，贪婪最大的障碍就是贪婪本身：贪心越是急切、越是强烈，能够贪到的就越少。而我们平时就能看到，如果贪婪者戴上慷慨大方的面具，反而能够更加快速地攫取财富。

我有一位非常能干的绅士朋友。他认为，在操持其亲王主子的事务上，如果过于热情、过于投入，反而会失去头绪。这位亲王是这样向我亲口描述的：他和其他人一样明白灾难事件的严重性，但对于没有任何解决希望的事情，他会果断屈服、接受现实；而对于其他事情，在发出相应的必要指令（他头脑活络，做到这一点完全不在话下）之后，他就安安静静地等待事情的进展。事实也是如此，我看到他虽然身陷诸多麻烦复杂事务的重围，却总是非常镇定，进退自如。我甚至认为他在逆境中比在顺境中更加强

---

① 出自昆图斯－科丘斯的《亚历山大大帝传》。

② 出自塞涅卡的《道德书简》。

大，更加高效：比起顺风顺水，挫折和痛苦反而更能彰显他的难能可贵。

就算是在那些没有实际意义的消遣活动中，比如在下象棋、打网球之类的游戏中，我们也看到，如果因为求胜心切而过分执着、过分热情地投入进去，就立即会使精神和四肢陷入盲目慌乱而无法做出正确的判断。这样就会自乱阵脚，昏招迭出。不那么看重胜负的人反而能够驾驭自如；求胜心少一点，热情少一点，反而能够稳妥地把握好节奏。

一股脑儿地把太多东西塞给我们的精神，就是在妨碍精神对它们的吸收和掌握。其实，有的东西是它只要看看就好，还有一些则是它必须重视、必须领会的。对于各种各样的事物，精神都可以去看，去感受，但它只应该从它自身得到滋养，所以必须让它知道什么才是和它密切相联、直接相关的，什么才是属于它的范围的，什么才是它的养分。其实，大自然的法则已经向我们明示了什么才是我们所需要的。智者告诉我们从大自然的角度来看，我们任何人都不缺什么，可每个人又都觉得自己缺了点什么。由此，智者得以把源于自然的需求与我们因想象力错乱而滋生的欲念区别开来。可以看得到尽头的，是源于自然的需求；

而总在我们眼前晃荡却永远也得不到满足的，是我们自己生出的欲念。物质上的贫困可以治愈，而精神的匮乏则无可救药。

若人满足于足够，我所拥有的已然足够；

可惜人并非如此；所以纵有再大的财富，

又如何能够填平我的欲壑？ [①]

看到有人招摇地运送大量的财物、珠宝首饰以及昂贵的家具穿城而过，苏格拉底叹道："这么多东西，全都是我不要的！"迈特罗多鲁斯 [②] 每天只吃 12 盎司食物度日，伊壁鸠鲁吃的比这还少。梅特罗克勒斯 [③] 冬天和羊群睡在一起，而夏天就睡在寺庙的柱廊下。"大自然足以满足人

---

① 出自鲁基里乌斯的《讽刺集》。

② 古希腊伊壁鸠鲁学派哲学家，是伊壁鸠鲁最得意的门生。他先于伊壁鸠鲁去世，伊壁鸠鲁按其遗愿负责照顾他的儿女。

③ 一位生活于公元前四世纪末的古希腊犬儒主义哲学家。

的需求。"① 克里安西斯 ② 靠双手的劳动养活自己，还自豪地宣称只要他愿意，还可以再养活一个和他一样的人。

即使从出生算起，人为了维持生存所必需的自然需求也是极小的。事实上，要想说清楚维持生命的成本到底有多么少，最好的说法：这种需求小到甚至不受家庭出身的影响。这种需求实在微乎其微，所以我们可以再加上一些，把我们每个人自己的习惯和条件也划到"自然"的范围里去：我们可以以此作为参考、作为尺度，在计算什么是我们该得的东西时把范围扩大到此。我认为，把范围扩大到此还是有些许道理的。因为习惯是人的第二自然，其力量不亚于第一自然。要是缺少了什么我平常习惯的东西，我就会觉得自己缺少了点什么。要是谁要减损我长久以来已经习惯了的生活方式，那我宁愿他夺去我的生命。

我已经过了可以做出深刻改变的年龄，也无法适应新颖的生活方式，甚至也不能在我现有的基础上更进一步了：对我来说，已经过了改变自己的时间了。要是现在还

① 出自塞涅卡的《道德书简》。

② 古希腊斯多葛学派哲学家。他原是一位拳击手，后在雅典师从芝诺学习哲学，并成为斯多葛学派的领袖。

有什么好运落到我的身上，只能令我倍感遗憾，怨怪它为什么没有在我尚有能力消受它的时候降临。

要是消受不起，好运又有何用？ [①]

要是现在我的内在还能得到些许提升，也同样令我感到遗憾。与其到了迟暮之年才来做一个正直的人，还不如永远不做；到了生命已经所剩无几之时才懂得应该如何生活又有何益？我已行将就木，宁可把我从与人们的关系中学到的智慧交给愿意继承我的人，这智慧于我而言已然是饭后才上的芥末了！消受不了的东西，我要来也没有用。对于已然昏聩的头脑，要知识有何用？命运就是这么不公，充满恶意，它送给我们这些礼物，只能让我们遗憾没有能在需要的时候得到。现在给我指引已经没有用了，我都已经不能再向前进了。对于现在的我们而言，只有智慧中的忍受力是有用的。去把那高入云霄的好嗓音送给肺部坏死的歌者吧，把那口若悬河的辩才送给困在阿拉伯沙漠里的隐士吧！生命的坠落是不需要艺术的。人生走到头自会结

---

① 出自贺拉斯的《书札》。

束。我的世界已经消逝，我的身体已经空乏：我完全属于过去。我要坚持强调这一点，并坚持说明我选择离开是与此相应一致的。

举例来说吧。教皇决定从日历上抹去十天①，这使我感到极度困惑、无法适应。我属于不以如今这种方法来计算日期的那个时代。如此长久以来形成的习惯总令我想起那个时代，总在召唤着我。即使这种创新是在纠正错误，我也无法接受它，所以无奈成了异类。我的思维总会不由自主地产生十天的偏差，我还听到心里有个声音向我嘟囔："这项规矩是给新出生的人定的。"有的时候，我的健康状况略有些微好转，但也只是令我徒生遗憾，因为这种些微的好转并不意味着我能重新拥有健康：我已经没有能力迎回它了。时间正在把我抛弃，而没有了时间就什么都无法拥有了。我很不看重这世上那些人人竞相追逐的高位，因为它们都是专留给快要消逝的人的！对于这类高位，人往

_____

① 1582 年，为解决历法与回归年之间的偏差，使二者重新对应，教皇格里高利十三世废止恺撒自公元前 45 年 1 月 1 日起采纳执行的儒略历，推行格里高利历：在意大利、波兰、西班牙和葡萄牙等国，这一年的日历从 10 月 4 日直接跳到 10 月 15 日；而在法国，这一年的日历从 12 月 9 日直接跳到 12 月 20 日，都真正"抹去"了十天。

往只会想到自己在得到它后将如何作为，却忽视了自己能够担任它的时间何其短暂：眼看着才刚从这门里进来，就要从那门里出去。总而言之，我是一个什么样的人，这个问题到现在我已经答完，我不可能再把自己改变成另一个人。经过这漫长的历练，我的形已变成我的实，我的命运也已变成我的本性。

所以我才说，拥有孱弱生命的我们每个人都把处于自己所设定范围界限之内的东西视为己有着实情有可原。不过一旦超出这些界限，剩下的就只有混乱了，因为这些界限就是我们可以为我们的权利划定的最大范围。我们越是扩大自己的需求和占有，就越容易遭到命运以及逆境的打击。我们应该把追求欲望的路线约束限定在最为急需、最贴近我们的东西上，而且对于欲望的追求也不应该是一条末端位于别处的直线，而应该形成一个圆圈，其两端在经过简短的迂回之后最终在我们自己身上相接闭合。我们在行动时如果缺少了这种简短而重要的向自我的回归，就会变得和那些贪婪之徒、野心之辈别无二致，跟在欲望后面奔跑，被欲望牵着越跑越远，那样做出的行为都是错误的、病态的。

我们大多数的工作都是在演戏。"世界就是一出戏。"①
我们都应该演好自己的角色，但又不应该入戏太深。切莫
把演戏用的面具和扮相当了真，也不要把那身外的东西当
成是属于自己的。人常常分不清楚哪一层是自己的肌肤，
哪一层是披着的戏服。脸上涂脂抹粉足矣，心上就不要涂
脂抹粉了！我常常看到有的人因为承担职务发生变化而改
变了心性，披上了新的外衣，变换了处世之道，一身官气
渗入肝肠，连上个厕所都放不下自己的官架子！很难教这
样的人明白，人们敬畏他的官位、他的排场、他的气派，
并不意味着人们敬重他这个人。"他们陶醉于自己的高位，
忘记了自己的本性。"②他们的心灵和谈吐随着官阶的变化不
同程度地膨胀着。就我而言，波尔多市长和蒙田一直都是
互不相干的两个身份。我们不能因为自己是当律师的或者
是搞金融的，就无视自己的行当里存在着欺诈的事实。诚
实的人无需为自己行业中可能存在的种种弊端和缺陷负责，
也不应为此而拒绝从事这一行当：既然这是他所在领域的
常态，他就可以加以利用。人应该适应现实的世界，并从

---

① 出自尤斯图斯·利普修斯的《论恒常》。

② 出自昆图斯－科丘斯的《亚历山大大帝传》。

中谋取自己的利益。然而，皇帝的判断必然会左右自己的帝国，所以他应该抱着一些局外人的心态去看待自己的帝国，将其视作自己偶然幸运得到的东西。身为皇帝，应该懂得放下皇帝的身份去享受自己，懂得像普通人那样去说话，至少在面对自己时应该做到这一点。

我从来不会全面彻底地把自己押到什么上面。就算我心甘情愿地为某一方站队，也不意味着我对它依赖到连心智都要受它影响的程度。当此国家大乱之际，我也不会因为个人立场而无视对手身上值得赞扬的品质，同样的，也不会无视我所追随之人做出的应该批评的行为。世人总对己方的一切都表示支持和赞美，而我却认为我这一方所做的大部分事情都是不合理的。我不会因为一部好的作品对我进行了指责而觉得它没有价值。除非身陷争论的旋涡，我都能保持公平和置身事外的心态。"除非战争需要，我没有深仇大恨。"看到别人大多做不到这一点，我很高兴自己能够做到。

大多数人都会把愤怒和仇恨延续到事情之外。这说明他们的愤怒和仇恨其实来自别处，来自属于他们个人的原因。正如一个人在溃疡痊愈后依然高烧不退，就说明他的高热是别的什么隐匿的病因造成的。事实上，他们在公共事务上发起攻击，并不是因为它损害了大家和国家的利益，而恰恰是因为它伤害到了他们个人的利益。所以他们才会被个人的激情所裹挟，而置正义与常理于不顾。"他们的谴责无关整体，各人皆是从与自己个人相关的角度做出批评。"①

我当然期望我方占据优势，但即便我方不占优势，我也不会失去理智。我坚定地站在最为正义的一方，但不刻意寻求与其他各方为敌，也不寻求凌驾于公众舆论之上。我坚决谴责这样一种错误的思维方式："那个人是神圣联盟的人，因为他仰慕德·吉斯爵爷②的风采。""那个人钦佩纳瓦尔国王的行动，所以他一定是个胡格诺③。""那个人对国王的领导颇有微词，他本质上就是个叛乱者。"有一本书把一名异端分子列为本世纪最优秀的诗人之一，因而受到

---

① 出自提图斯·李维的《罗马史》。

② 第二代吉斯公爵，一位有杰出才干的法国军事家和政治家。他是法国宗教战争中天主教神圣联盟一方的主要将领。实际上，正是他在1562年于普瓦西受到胡格诺教徒挑衅后，压抑不住强烈的愤怒，对当地的胡格诺派发动了一场大屠杀，引爆了长达30多年的胡格诺战争（1562—1598年）。

③ 16—17世纪法国基督新教信奉加尔文思想的教派，有时意译为"结盟宗"，俗称法国新教。

了教宗裁判官本人的批判①。对于这一批判，我也决不认可。难道我们连承认某个小偷腿长得美都不敢了吗？难道一个女人当妓女，就非要说她臭不可闻吗？对于曾经拯救了宗教和民众自由的马古斯·曼利乌斯②，我们有没有因为后来世道太平了就收回颁发给他的"卡皮托利"这一光荣的称号呢？他后来违背自己国家的法律，图谋建立君主制，但我们有没有因此抹煞他对自由的追求、他所建立的战功，有没有因此取消他用自己的勇气赢得的荣誉呢？世人若是憎恨某位律师，立刻就会觉得他说什么都没有道理。另外，我还发现，（宗教的）狂热会把一些可敬的人物也推向类似的错误。至于我，我懂得说话应该实实在在："某人这件事做错了，但那件事却做得令人钦佩。"

同样，在做形势预测或事情进展不顺之时，人们就会抱怨己方的每个人都既盲目且愚蠢，抱怨自己的信念与判断未能服务于真理而是服务于己方的欲望。而我宁愿从相

---

① 这本书指的是蒙田的《旅行日记》。教宗裁判官审查之后，批评这本书"提及了某些异端诗人的名字"。而这名异端诗人，指的是加尔文的继承者泰奥多尔·德·贝萨。

② 古罗马政治家、将领。公元前398年担任罗马执政官。他曾率军在罗马城战胜来犯的高卢人，维持了卡皮托利山的安全。

反的方向去查找自己的责任，因为我很担心自己会屈服于欲望的摆布。况且，我对于自己想要得到的东西相当不在乎。我惊讶地看到，在我们的时代，尽管经历了那么多场梦境破灭，人们还是如此轻易地、不做判断地被自己心中的信念和希望牵引着，操纵着来到被自己的领导人轻松利用的地步。对于为什么会有那么多人被阿波罗尼乌斯及穆罕默德的滑稽把戏欺骗，我再也不会感到奇怪了！那是因为他们的良知与心智都完全被狂热的激情支配。他们的分辨力只能顺从和迎合着他们的理由来做出判断选择。我早就从我们的第一个狂热派别 ① 中明确地发现了这种迹象。而随后出现的另一个派别 ② 也效仿前者，且有过之而无不及！由此，我认识到民间流行的许多错误都是与这样一种态度密不可分。只要第一个人表达观点之后，其他人便像狂风掀起的巨浪一样纷纷附和。谁要是与自己派别的观点保持距离，不愿意随波逐流，谁就不能成为该团体的一分子。然而，通过隐瞒自己的观点来表达对正义派别的支持，

---

① 指的是新教。

② 指的是神圣联盟，亦称"天主教联盟"，是 16 世纪晚期法国宗教战争期间成立的天主教团体。

这本身就是在损害这些派别，我一直都反对这类做法，而这些方式只适合于那些病态的头脑，而对于心灵健康的人来说，要想表示对勇者的支持、缓解观点上的对立，当然还有更诚实、更可靠的做法。

就严重程度而言，恺撒与庞培的对立前无古人后无来者。但我觉得这两个高贵的灵魂都保持了对彼此极大的克制。他们的对立涉及争夺荣誉及指挥权的问题，但并没有导致他们滑向无端的、狂暴的仇恨，两人始终保持着一种没有心怀恶意也没有毁谤对方的对立。就在他们最激烈的战斗中，我还是发现他们对彼此仍存有尊重和善意。所以我觉得，要是有可能的话，他们都还是更愿意在不毁灭对方的前提下来达到自己的目的。而马略和苏拉之间的对立则与此完全不同！但愿世人引以为戒。

人不应该太过急切地跟在自己的利益和激情后面狂奔。年轻时，每当我感觉爱情发展势头太猛，就会放慢进程，我非常注意不使自己的爱情变得太过愉悦，以防自己受到它的力量的约束乃至最终屈服于它的摆布。在其他方面，当我的意志过于迁就我的欲望之时，我也都是这么做的：我会向着与意志沉沦陶醉相反的方向去使劲；我会防止滋养意志的快乐，以免这种快乐大过我想恢复对意志的掌控时感到失去的痛苦。

心灵麻木到只能看到事物的一半也是有好处的，那就是比较不容易受到对自己有危害的事物的伤害。这是一种精神麻风病，它具备某种健康的表象，是哲学上不可小觑的一种健康形式。但不能因为这一点就像人们平时常常所做的那样把它称作"智慧"。正因如此，有人才对为了考验自己的痛苦承受力而在大冬天里脱光了、抱着一尊积雪雕像的第欧根尼嘲笑不已。他看到第欧根尼的这副模样，就问道："你现在冷得够呛吧？""一点儿也不冷。"第欧根尼答道。"既然不冷，"这人接着说道，"那你觉得你这样做还有什么难度、还有什么值得标榜的呢？"要想检验自己对痛苦的抵抗力，首先必须能够感知痛苦。

不过，人难免要遭遇命运中的种种或深或浅的逆流和或重或轻的伤害，要承担和品尝它们带来的各种后果，所以更应该想方设法从源头上规避它们，远离通往它们的路径。科提斯国王是怎么做的？有人向他进献了一套华美富丽的餐具，他给了此人厚赏。但因为这套餐具特别脆弱，他随即便亲手将其打碎，为的是日后不要因为它的破碎而埋怨自己的仆人。同样，我总是避免把自己的东西和别人的东西混在一起。我从来都不愿意把我的财物和我亲朋好友的财物放在一块儿，因为这常常是造成争执和反目的缘由。我以前曾经喜欢过赌博的游戏，比如玩牌或骰子等。不过我早就不再碰它们了，唯一的原因就是，虽然输的时候我面不改色，但也无法抑制自己内心的痛苦。作为一个有荣誉感的人，如果在心底里感受到了沮丧或冒犯，又不能接受任何糟糕理由的安抚和慰藉，那么就必须避免这种争执吵闹的发生。我对性格阴郁之人或好勇斗狠之人都避之唯恐不及。要是哪些话题是我无法以保持距离和不带情绪的方式来谈论的，那么除非职责所限，否则我是不会掺和进去的。"与其半途中止，不如不要开始。"[1]最可靠的做法就是防患于未然。

我当然知道，有一些智者选择的是另一条道路，他们不怕扯上事情，而且还敢深入地参与进去。这些人都以自己的实力作为保障，他们的实力能够保护他们免遭各种逆流的伤害，能够以全部的耐力来对抗各种厄运：

他好似那傲立海中的巨石

无惧风浪，

———————————————

① 出自塞涅卡的《道德书简》。

迎接着天地的威胁和打击，

岿然不动。①

　　对于这些人做出的榜样，我们不必执着，因为他们的境界远非我们可以达至。他们能够完全主宰和支配自己的意志，所以可以做到坚定专注，纵然家园毁灭也不为所动。但对于我们这些平常人的心灵来说，这样的要求太艰巨太残酷。尤蒂卡的加图可以为此做到放弃自己无比高贵的生命，但对于我们这样的小角色而言，应该要做到的是在暴风雨来临时尽量地躲远，要努力做到去感知它而不承受它，去规避自己承受不起的打击。芝诺②看见自己喜爱的小伙子克莱莫尼代斯走过来要坐到他身边，就赶紧站起身来。克里安西斯问他为什么这么做。他回答说："我听说医生们最常给人的医嘱就是要静养休息，杜绝一切激动，防止任何肿胀。"

　　"面对美的诱惑不要退缩，要和它斗争，要反抗它。"

----

① 出自维吉尔的《牧歌》。

② 古希腊哲学家。他于公元前313年左右前往雅典研究哲学，受到苏格拉底、赫拉克利特以及犬儒学派的影响，于公元前305年左右创立了斯多葛学派。

这话不是苏格拉底说的。苏格拉底说的是"躲开它，逃到它看不到、碰不到你的地方去，就像躲避一条会从远处发起攻击的大鱼一样"。他的一名好弟子[1]在讲述（也可能是编造，但我觉得讲述多于编造）居鲁士大帝的过人品质时告诉我们说，居鲁士因为担心自己无法抵抗他所俘虏的美女庞蒂娅的绝世美貌的诱惑而委派另一个人去看押她，因为与自己相比，那个人在面对她时更加自在。上帝圣灵也告诫说："不要把自己置于诱惑之中。"[2]所以，在祈祷中，我们所祈求的，并不是我们的理性不要被诱惑打败，而是不要让我们的理性受到诱惑的攻击；我们祈求不要置身于充满各种罪恶的邀约和诱惑的境地之中，祈求上帝维持我们良心的清净，完全彻底不要与恶发生任何关系。

有的人说自己成功地克服了报复心或其他严重的缺点。他们说的常常是实话——但这是基于事情现在的状态，而不是基于事情过去的情况。他们愿意讲述自己的错误，但其实这些错误的缘由就是他们自己造成的、维持的。再追溯下去，从这些缘由追溯到滋生出这些缘由的根源：这样

---

① 指的是色诺芬。

② 出自《圣经》。

你就能看清楚这些人的本来面目了。他们以为，他们的错误过去了，所以就不那么严重了？开始就不正确，后续就能正确了吗？

像我这样的人既希望自己的国家好，但又不会为之愁苦得憔悴成疾。我们如果看到自己的国家面临毁灭的威胁或惨淡的将来，会感到难过，但不会害怕得发抖。

这可怜的船儿，

被风儿吹向一边，被浪儿推向另一边，

又被船长扯向又一边，

无所适从！

有的人不会眼巴巴地盼着亲王们的恩宠，不会把这当成多么大不了的事情，这样的人在受到亲王们冷遇、撞上他们的冷脸或遭遇他们的喜怒无常时都不会觉得受到了多么大的伤害。有的人不被自己的孩子或荣誉牵绊，不受它们的奴役，这样的人失去孩子和荣誉也活得很好。有的人做好事的主要目的是为了满足自己，这样的人不会因为别人曲解他的作为而感到烦恼。只要有些微的忍耐力，就足以抵消掉这些不愉快。

我恰好就是这样做的。我会在刚刚开始犯错的时候就尽最大的努力去弥补，我认为这使我躲过了许多折磨和苦难。事实上，在情绪刚刚开始波动之时，要止住它是花不了多少力气的；一个问题只要开始令我感到心累，或者快要令我产生纠结，我就会抛开它。如果不在起点把它拦住，就不要想在它奔跑起来之后再把它挡下来；如果对激情不拒之门外，就不要想在激情进门之后再把它赶出去；如果开始的时候做不到坚决彻底，就不要想在结束的时候坚决彻底；如果连起初的动摇也抵抗不了，就不要想抵抗住后来的崩塌！"一旦偏离理性，激情就开始摇晃；意志薄弱之人总是宽容自己，不知不觉就被拖向了深海，这才发现已经无处藏身。"[1] 我能及时地察觉到哪些微风拂动撩拨我的心弦，预兆着暴风雨的到来：

……微弱的风儿还困在林中呻吟，
它用低沉的吼声向水手预警
狂风暴雨即将来临。[2]

——————————

[1] 出自西塞罗的《图斯库鲁姆论辩集》。

[2] 出自维吉尔的《牧歌》。

在经历了如此漫长的欺侮，遭遇了比酷刑和火刑更加违背我天性的种种卑劣无耻的行径之后，我承受了不少次明显的不公，只为了避免蒙受来自法官的更大的不公。"应该不遗余力地去避免诉讼，再大的努力都是应该的。实际上，部分放弃自己的权利是值得尊敬的，有时甚至是有利的。"① 如果我们真的有智慧，就应该为自己输掉官司感到开心，且毫不讳言自己的失败。我听说有一个豪门大户的孩子就天真地这样做了，他逢人就说他的母亲刚刚失掉了一场诉讼，仿佛她母亲失掉的是咳嗽、发热或者别的什么大家都不想要的东西似的！机缘巧合之下，我得以结识一些在此类事务上拥有完全权力的人物，有的是我的亲戚，有的是我的朋友。尽管如此，出于良心，我在处理此类事务时总是小心翼翼地避免利用这些关系来损害他人，也从不过分强调我自身权利的价值。要知道，我得以至今保持没有打过官司的记录，是日复一日付出极大辛苦努力的结果（但愿我这么说不会给自己带来灾祸！）；而实际上，我心里也多次萌动过打官司的想法，但凡由着自己的性子来，

———————————

① 出自西塞罗的《论义务》。

我都不可能做到这样。而且，我也从不与人争执：我活了这么久，从来没有受到过严重的冒犯，也没有严重地冒犯过别人，也没有听别人说过我的什么坏话。这真是承蒙上天罕有的恩宠！

人世间的重大纷争都有着可笑的动机和原委。我们最后一位勃艮第公爵不就是因为一车羊皮而招致了灾祸？[①] 导致我们地球遭受最可怕灾难的首要起因不就是一枚纹章上的图案吗？[②] 说到底，庞培与恺撒的不睦也是继承和效法了马略和苏拉这两位前辈而已。在当今时代，我看到我们王国最尊贵的人物们常常为了签署一些条约协议而聚集在一起，耗费金额巨大的公帑举行盛大的仪式，而实际上对这些条约协议起到真正决定作用的，却是贵妇沙龙里的言论以及某个小妇人的观点……诗人们对此颇为了然，所以他们才会说，古代希腊和小亚细亚之所以陷入战火和血海，

---

① 1476 年，勃艮第公爵大胆查理被他主动攻击的瑞士人打败。据说他与瑞士人的矛盾是因一车羊皮被盗事件引起的。

② 指的是马略与苏拉的失和。苏拉在一枚指环上镌刻了波库斯把朱古达移交给他的图案。此举令马略感到不满，因为他觉得这抹煞了自己在这件事情上的功劳。

就是为了一颗苹果而已 [①]！你若追问一个拿着刀剑与人决斗的人为什么要将自己的荣誉和生命置于危险之中，他在告诉你原因时一定会羞红了脸，因为原因是那么微不足道。

把事情消弭在发端，只需一念足矣；而人一旦卷入到了一件事中，就会受到它的束缚。这时再想要摆脱它就必须动用巨大而难以驾驭的资源。所以，比起到头来为了脱身而拼尽全力，一开始就不迈出错误的第一步不是轻松得多？我们做事不能像芦苇那样，一开始抽芽时就用力地长出一根又长又直的茎，然后随着力竭倦怠，就开始频繁地分节，就像暂停下来休息似的，这说明它已经失去了一开始时的活力和坚持。相反，开始之时应该平缓冷静，而把气力与能量留到工作的攻坚和收尾阶段。在事情的开始阶段，我们应该对其进行指导，加以把控；之后，等事情上了轨道，那就是事情指导我们、牵引我们，那时我们要做的就是跟踪它的发展了。

不过，明白了这些道理，并不能为我消除所有的困难，也不意味着我就不需要时常约束和抑制我的激情。引发激

---

① 根据希腊神话，帕里斯把象征最美女神荣誉的金苹果颁给了阿佛洛狄忒，引起了赫拉和雅典娜的嫉妒，最终导致了特洛伊战争。

情的根源各不相同，并不是所有的激情都能调控得了，况且激情来得往往非常猛烈。虽然如此，上面提到的道理还是有益的、有用的。当然，有些人因为担心自己的名声受损，虽然是这么做的，却不承认从中获益，那就另当别论了。事实上，人做事情只是因为它对自己有价值。你或许可以从自己做的事情中收获满足感，但不一定能够因此博得他人对你的敬重，而这应该是你在投身此事之前就已经预想好的一个情况。这一点不光体现在做事情上，也体现在履行生活中的其他责任上：眼里只有荣誉的人所走的道路与看重秩序与理性的人所走的道路必定截然不同。

我认识一些人，他们总是不假思索地、狂热地投入到一件事情中去，然后脚步就越来越慢。普鲁塔克说，心中怀有羞愧的人心里都很虚，很软弱，别人提什么要求都会轻易答应，但到头来他们又常常食言耍赖。同样，轻易加入争端的人也会轻易地退出争端。我这个人从不轻易地投入争执，这反而使得我一旦投入进去、激动起来，就会坚持到底。当然，这并不是什么好做法，因为它等于是在对自己说：既然你都来了，那么要么走下去，要么就死吧！

毕阿斯说过："开始时要柔缓，坚持的过程要热烈。"[①] 要是从起初的缺乏智慧滑向后来的缺乏勇气，那可就更糟了。

为结束我们今天的纷争而达成的协议大多都是可耻的、充满谎言的：我们所追求的只是保全面子，与此同时，却背弃和否认了我们的真实意愿。我们在粉饰事实。我们很清楚我们本来是怎么样从什么样的角度来讲述这些事实的，当时在场的人们对此都很清楚，被我们请来感受我们优势的朋友们对此也都很清楚。现在我们不肯承认自己的想法，为了达成协议而躲进谎言里，这损害了我们坦诚勇敢的美誉。为了找补我们以前对对方的否认，我们正在否定曾经的自己。不过，不必去强调你们的行为或话语是可以有另一种解读的：你们今后无论要付出什么样的代价，都必须坚持住你们的真诚的、真实的解读。这关乎你们的道德和你们的良心：道德和良心是不能戴面具的。这些卑鄙的手段和权宜的伎俩就留到法庭上去耍吧。每一天，我都能看到你们为了辩解自己过分的行为而寻找借口，编织理由，我觉得这些借口和理由比这些过分的行为更加丑陋。与其像这样折腾自己、伤害自己的名誉，还不如和对手再翻一

---

① 出自第欧根尼·拉尔修的《名哲言行录》。

次脸！你们已经在愤怒之下向对手发起了挑战，现在冷静下来又想去安抚它、讨好它，这就是你们的理智吗？你们现在的屈服远远超出了你们当初的反抗。我觉得，就绅士而言，再没有什么比食言更可鄙的了，而这种食言若是他在权力的逼迫下做出的就更加可耻了，因为在我看来，固执己见比轻易屈服更加值得谅解。

对我来说，避免激情发作有多容易，要在激情发作后缓解它就有多难。"越不加控制，越容易平息。"① 达不到斯多葛派那泰然自若高境界的人们，请躲到我这平凡的随遇而安的怀抱里来。斯多葛派靠美德做到的，我习惯靠我的性格去做到。狂风暴雨总在中间地带爆发；而位于两端的哲人和农民却在宁静与幸福里不期而遇。

> 这样的人是幸福的：他明白万事万物之道理，
> 藐视恐惧，藐视严酷的命运，
> 藐视那弥漫在贪婪的阿刻戎河② 上的哀声。
> 这样的人是幸福的：他认识掌管农田的众神，

---

① 出自塞涅卡的《道德书简》。

② 阿刻戎河是希腊神话里亡灵去往冥界必经的"痛苦之河"。

认识潘恩 ① 和老西尔万 ②，还有宁芙 ③ 姐妹们！ ④

　　一切事物在初生时都是孱柔脆弱的。不过，对于初生的事物还是应该加以小心的审视：如果在事物幼小时看不到它蕴含的危险，等到它长大后就再也无可救药了。如果我当初没有经受住野心的诱惑，那么我每天都可能会遇到千难万阻，比起我为了抑制天性里对野心的向往而付出的辛苦要艰难得多。

　　我有理由担心自己高昂起头来

　　就会引得万众瞩目……⑤

　　所有公开的行为都要遭受各种各样的解读，因为判官无数。有些人就我担任波尔多市长（我很高兴能就此说一

---

① 潘恩是希腊神话里的牧神，掌管牧羊、自然和山林乡野。

② 西尔万是希腊神话里的森林之神。

③ 宁芙是希腊神话里出没于山林、原野、泉水、大海等地的仙女，是自然幻化的精灵。

④ 出自维吉尔的《农事诗》。

⑤ 出自贺拉斯的《歌集》。

下我自己的想法，并不是当市长这事值得一提，而是因为它佐证了我在这类情境中的表现）评论说我表现得太软弱、缺乏热情。他们的说法离事实并不遥远：我的确是在努力地保持心灵和思想的平和。"生来天性平和，老则尤喜安静。"① 虽然有的时候，我的心态也会放肆一下，给人留下了一丝粗暴激烈的印象，那实在不是我的本意。不过我生就的慢性子并不意味着无能（因为缺乏注意力和缺乏判断力是完全不同的两回事），更不代表我对这里的人民缺乏感恩之心：他们无论在认识我之前，还是在了解我之后，都倾尽所有来厚待我，而且他们在第二次把这项职务托付给我时，这份情谊比第一次还要深重。我希望波尔多人民一切都好，而且只要有机会为他们服务，我没有什么不可以做的。我为波尔多人民行动就像为自己行动一样。波尔多人民正直、好胜、有尊严，同时也懂得服从和遵守纪律，而且只要善加引导必能成就大事。还有人说我的任期平平淡淡地就过去了，没有留下什么特别的印记。他们说得对！在这样一个人人都不得消停的时代里，我的无为可不就该招人非难嘛！

　　如果受到欲望的驱使，我的行动也可以雷厉风行起来。

---

① 出自昆图斯－西塞罗的《请愿评论》。

不过，我这种不合常态的发挥断不能持久。如果想要按照我的这个特点来对我加以利用，那就要分派给我一些需要活力和自由的任务；如果这任务干起来直截了当，那么即便它可能有一些风险，我也能为之出一把力。但如果是那种持续时间很长、精细复杂、辛苦费力且曲里拐弯的项目，那还是另寻高人吧。

重要的职位并不一定都很难。我担任波尔多市长时，已做好了要在必要时更加投入地履行职责的准备。因为我能够做的事比喜欢做的事更多。我自认为从来没有轻忽过职责要求我做的任何事情。但我疏忽了那些打着职责的名义掺进个人野心的事情。然而世人满眼看到的、满耳听到的、令他们觉得了不起的，往往都是这类事情。其实吸引他们的，也不是这类事情的本身，而是这类事情的排面。但凡什么事情开展起来不弄出点儿响动来，他们就觉得做事的人睡着了。而我的天性最不喜欢做事咋咋呼呼。我可以悄无声息地解决麻烦，心平气和地压制混乱。实在需要生气或发怒时，我可以装出生气的样子，戴上愤怒的面具，因为我习惯了柔和的方式，喜平缓而不喜粗暴。我不会因为某位"首席法官"在没有官司可办的时候闲着而指责他，只要他的手下和他一样也都闲着……就我来说，我喜欢那种安静流淌的生活，不炫耀，不喧闹："远离卑鄙，也远离庸俗和骄傲。"① 我命中注定就要如此。我本就出生于一个不喜炫耀、不爱咋呼，但从来都格外注重诚实的家庭里。

现在的人们都太习惯折腾了，甚至让人觉得善良、克制、心平气和、持之以恒这样一些安静无华的品质已然无人欣赏。他们明明手里握着光洁的东西却感受不到，只感受得到那些粗糙的东西。他们轻忽甚至无视健康，却对疾病非常重视，正如他们对令自己愉快舒心的东西视若无睹，却对令自己不得消停的东西格外关注。本来在议会议事厅里就可以做的事情，非要推迟放到公开场合去做；本来前一天夜里就该做好的事情，非要延宕到第二天大中午来做；本来派个人就能做好的事情，非要自己亲力亲为——这些做法都是为了自己个人的利益和名声，而不是为了把事情做好。这就像在古希腊，有些外科医生为了招徕生意，特地跑到大街上在众目睽睽之下做手术。这都是因为大家习惯于认为只有在鼓号鸣响时颁布的法规才是好法规。

野心是我们这样的小人物、小家户所不能企及的恶。有人对亚历山大说："您的父亲将给您留下一大片易于统治

---

① 出自西塞罗的《论义务》。

的和平疆土。"然而，这个男孩艳羡自己父亲的战功及其公正的统治：他才不愿意坐享其成地治理这个世界帝国。根据柏拉图的描述，阿尔西比亚德斯 ① 也是这样一个人：若要他安于既有的条件，那他宁愿趁着自己的美貌、财富、地位和学识都还处于青春鼎盛的年纪死去。

这类人物的心灵过于强大过于追求完美，所以患上野心这种病也是情有可原的。但平庸孱弱的小人物如果装腔作势，以为自己对某一件事情做出了正确的判断或解决了城门轮班值守的问题就能令世人对自己高看一眼，那么他们越是想要扬眉吐气，就越容易露出马脚。这类小事情做得再好，也只是过眼云烟，没有真正的生命力。未等到有人开始谈论，它们就已然消散，传扬的范围不过一个街口到下一个街口。这样的事情也就只能和自己的儿子或仆人说道说道了。就像古代有个人因为找不到别人来听他自我夸奖，也没有人来赏识他的才华，只能在自己的女仆面前大肆自吹自擂："噢，佩蕾特，你可知道你的主人多么博学风雅！"还有更可怜的，只能自己跟自己说话。比如，我认识的一位议员，声嘶力竭地在议会发表了一大通荒唐的

———————————————————

① 古雅典将军、政治家，是苏格拉底的生死之交。

言论之后，来到了宫里的小便处，旁边的人听到他一边小便，一边嘴里还念念有词："主啊，这份荣耀不属于我们，不属于我们，而只属于你。"① 找不到别人替自己买单，那就只好自己付账啦。

名望绝非廉价就能买到。只有极少数模范行为才能获得名望，而那样的模范行为是不堪忍受与那些数不胜数的平常小事沆瀣一气的。你修缮了一面墙壁，疏通了一条公用的沟渠，只要你愿意，尽可把名字镌刻到大理石上；但有正常判断力的人都不会这么做。如果做的好事没有什么难度，没有什么稀罕的地方，是不一定能够获得名望的。而斯多葛派认为，并非任何一个源于美德的行为都值得受到赞美：一个人出于节制而不亲近眵眼的老女人，这有什么好赞扬的呢？帕奈提乌斯②对阿非利加征服者西庇阿拒绝收受礼物大加赞美，但了解西庇阿崇高品质的人们却不认可他的这项荣誉，因为他们认为这样的品行是他那个时代的人们所共有的，而非他一人独有的。

---

① 出自《圣经》之《诗篇》115:1。

② 斯多葛派哲学家，曾在雅典师从第欧根尼，后在小西庇阿的资助下移居罗马，并将斯多葛派哲学传播至此。

我们都有和自己命运相配的快乐；不要奢求那些大的快乐：属于我们自己的快乐才能令我们更加自在，而且正因为我们的快乐比较小，所以才更加牢靠。如果做不到出于对良知的关切去拒绝野心的诱惑，那么至少可以从野心本身出发去拒绝野心的诱惑：我们鄙视这种对名望和荣誉的饥渴，因为它太俗气，太卑微，它驱使我们通过可鄙的方式、可耻的代价向形形色色的人们去讨要名望和荣誉——"菜市场上都能找到的光荣算什么光荣！"[1] 用这样的方法得到荣誉其实就是耻辱。我们应该学会不去贪慕自己当得起的光荣之外的光荣。只有那些极少做好事的人们才会在做了一点有益但微不足道的好事之后就大吹大擂，因为他们想要把所做的好事拔高到和自己为之付出的代价相称的水平。我觉得一个行动越辉煌，就越没有价值，因为我会去寻思做出该行动的人到底是为了辉煌闪耀还是为了做好事。事情一被拿来宣扬，就已经跌掉了一半的身价。反而是那些被行动者默默放下不提的行为更有价值：要是哪个实诚人注意到了它们，就会把它们从阴暗里挖出来放到阳光下，而这样的荣光才是它们本来的价值所赋予它们的。"我认为，

---

① 出自西塞罗的《论善恶之极》。

那不事张扬、远离人群目光做出的好事才更值得赞美。"[1]

我在担任波尔多市长一职时，只需要我保持和维护好城市的现状就足矣，而这样的任务是默默无闻的，所以没有被人们注意到。创新的举措当然不乏光芒；但在目前这样一个人们备受创新之扰乃至对创新充满戒心的时代，要做出什么创新之举也是不可能的……不乱作为和有所作为一样，都是高尚的态度，但不乱作为就没有那样显眼了。而我所做的些微贡献几乎全都属于不乱作为的类型。总而言之，人们可以说我在这个职位上遇到的境况都顺遂我的秉性：我对此心存感激。有人会为了非要看到医生工作而希望自己生病吗？而那种为了施展医术而希望人们染上瘟疫的医生是不是该受鞭笞？有一种极其变态又相当流行的心态，就是盼着自己的城市出点儿乱子、遇上点儿困难，这样才能突出和彰显自己的治理水平。我从来不曾有过这样的念头，相反，我尽己所能地做到使一切都能进行得平静且顺利。

有的人就是不愿意感念我在执政中做到的有序、温和及宁静，但他们至少不能因为我一直运气很好就剥夺掉属

---

① 出自西塞罗的《图斯库鲁姆论辩集》。

于我的那份功劳。我这个人生来就是如此：我既希望自己有智慧，也希望自己有运气，我把自己的成就完全归功于上帝的恩宠而不是我自己采取的行动。我早就清楚地告知所有的人我缺乏处理公共事务的技巧，而且还不止如此：鉴于我固有的处世之道，我从不会为自己缺乏技巧感到烦恼，也不想费力去纠正这一点。从我自己的成就中，我也没有体验到多大的个人满足。但我差不多做到了我承诺过要做的事情，而且我做的比我向相关人士承诺过的要多得多。这是因为，一般来说，我做承诺的程度会比我有能力做到的程度、比我有希望能够信守的程度少一些。我确信自己离任后没有留下骂名，也没有留下仇恨。至于有没有留下什么让人想念我、怀念我的东西，我反正知道这也并非我孜孜以求的。

想要我把自己交到这魔鬼的手上？
你以为我忘记了
这貌似风平浪静的海面下
到底隐藏着什么？①

----

① 出自维吉尔的《牧歌》。

论悔恨

别的作家塑造人物，而我讲述人物。我现在就要来介绍一个人，一个塑造得不好的人。要是我可以重新塑造他，一定会把他塑造成和他现在完全不同的一个人。然而，现在的他已然成为现在的这个人了。我所讲述的有关他的事情全都不假，但却总在变化着，分化着。世界就是一架永动的秋千，所有的事物都在上面不停地摇荡着：无论是大地，还是高加索山上的岩石，又或是埃及的金字塔，都在共同运动，又在各自运动。所谓恒定，其实也不过是一种极其缓慢的运动。我无法确定我这个研究对象的模样，因为他总在摇摆着、晃动着行进，仿佛天生就醉了似的。我只能捕捉到他在我对他发生兴趣的那一刻的模样。我不描绘他的存在，只描绘他过渡的痕迹；不是从一个年纪向另一个年纪的过渡，或如常言所说的从一个七年向另一个七年 ① 的过渡，而是从一天到另一天的过渡，从一分钟到另一分钟的过渡。所以我得时时更新我的故事！我即将做出的改变可能不仅是命运的打击带来的，也可能是我有意为之：我的这本书如实记录着各种不断变化的事件、各种悬而未决的甚至是互相矛盾的想法，因为有时我自己就是他者，有时我会把我的主题放到别的情境中去，或者从另一个角度去进行考察。所以，有的时候我可能会违背我自己说过的话，但正如狄马德斯 ② 所言，我绝不违背真理。要是我的心灵能够安定下来，我就不会不停地质疑自己，而会果断地做出决断；然而我的心灵一直都在学习，一直都在经受考验。

我在这里介绍的，是一个卑微且无甚光华的人生。这并不要紧，因为不管是简单朴素的人生还是丰富多彩的人

---

① 法国民间有一种说法认为人每七年会产生一种变化，数字"7"也一直被认为具有某种神奇的力量。

② 狄马德斯是与狄摩西尼同时代的雅典辩士，两人互为对手。

生，都与整个道德哲学相联，因为每一个人自身都具备人类处境的完整形态。

通常，著书者都是通过自己在某一方面的独到之处为大众了解。而以自身存在之全貌来示人的，我是第一个。我展现给大众的，就是米歇尔·德·蒙田这个人，而不是一位语法学家，一位诗人或一位法学家。有些人对我总是在讲述自己颇有微词，我却觉得这些连自己都不考虑的人才奇怪呢。

不过，我这个人这么注重自己的隐私，却一心想要让他人来了解我，这合适吗？同样，我的个性这么柔弱，我的作品这么天然、朴素、简单，把它们拿到这个如此注重、敬畏形式和艺术的世界里来展示，合适吗？没有什么学识还想写书，那不就像是没有石头还想筑墙一样吗？音乐创作遵循的是艺术的法则，而我的创作遵循的是偶然的法则。至少在这一点上，我是恪守原则的，那就是从来没有任何人对我所致力探讨的主题的理解和认识能够超过我；在该主题领域，我就是在世的人当中学识最渊博的。此外，从来没有任何人对该主题的钻研比我更深入，也从来没有任何人对其因素和后果的考察比我更精确，所以从来没有任何人在实现创作目的方面比我更加准确彻底。为了精益求精，我只需在创作中做到忠于模型，这样一来，我的作品自然极致真诚、纯正。我说真话，不完全是因为我想说真话，而且是因为我敢说真话。我越老就越敢说真话，这是因为世俗给了我这种年龄的人更多一些发表议论和谈论自己的自由。我的创作中不会出现我常常看到的那种匠人与作品不相像的情况：一个人打起交道来给人的感觉那么舒服，可他写的东西怎么会那么愚蠢？又或者，如此有学问的文字怎么会是出自做人如此纠结的人笔下？如果一个人谈吐稀松平常，文字却非常了得，那就说明他一定从外在于自己的东西中得到了裨益。有学识的人不可能在任何领域都有学识；但有才干的人却能在任何方面，甚至在其不了解的方面，都具才干。

在我这里，我的书和我这个人步调一致，彼此匹配协调。对其他作者而言，你可以推荐或批评一部作品而不指涉其作者。但在我这里却相反，触及我的作品就是触及我这个人。谁要是不了解我的作品就对它妄加评判，那就不啻对我本人进行诬蔑毁谤；谁如果对我的作品表示认可，就会令我感到非常满足。除了本来的优点，只要还能在这样一个方面——令聪明的人们都觉得我若有学识必能善加利用、我配得上拥有更优秀的记忆力的帮助——得到大家的赞许，我就会感到幸福。

请原谅我经常说的这句话，那就是我极少后悔，我的良心很满足，这种满足并非天使或牲口的那种满足，而是作为人的良心的满足。而且我总要加上这样一句老话，并不是约定俗成的套话，而是为了表示我本质上的谦逊：我在说话的时候会像一个一无所知的人那样提出疑问，但最终都会干脆了当地回到那些合情合理的常识上来。我绝不教人要如何，我只是讲述。

真正的恶行无不令人震惊，都会受到具备正直判断力的人的谴责。其丑陋与危害如此明显，所以有的人认为恶行纯粹是愚蠢和无知的产物，这种看法可能是有道理的，因为很难想象有谁能够在了解了恶行之后还不痛恨它的。心怀恶念者会吸收自己创造的大部分毒素并使自己中毒。恶行会像溃疡留在肉体里那样在灵魂里留下悔恨，令灵魂不断把自己抓咬得血迹斑斑。这一切都是因为理性虽能消弭其他类型的愁闷痛苦，却会催生悔恨的愁闷痛苦，而且由于悔恨的愁闷痛苦来自内心，所以愈发严重，恰似人在发烧时感觉到的冷热变化要比从外界感受到的更加厉害。我眼里的恶行（当然严重程度各有不同），不仅包括那些当受理性与自然谴责的行为，同样还包括人的虚假错误观念在得到法规和习俗的权威加持下做出的行为。

　　同样，所有值得赞扬的行为无不会令生性正直的人感到欢欣。人在行好事时，必定会产生一种无以名之的满足感令其为自己感到愉悦，以及一种与良知相伴而生的高尚的自豪感。心灵邪恶之人，如果胆子足够大，是可能做到保护自己安全的，但他定然无从获得这种为自己高兴的感觉。人若感知到自己在污浊的时代保持高洁，就能体会到一种巨大的快乐，因为他可以对自己说："即便探查到我灵魂的最深处，也找不到我一丝一毫的过错：我既没有给任何人造成痛苦，没有伤害任何人，也没有报复或嫉妒过他人；既没有触犯过法律，也没有颠覆或扰乱过秩序，也没有违背过自己的诺言；尽管这个时代许可甚至怂恿大家去这么做，我还是没有贪图染指过法国任何人的钱财，无论在战争时期还是和平时期，我都只靠自己的财产生活。而且我在享用他人的劳动时都支付了报酬。"这种良心的自省能令人感到快乐，而这种由衷的快乐对我们大有益处；这对于我们来说，也是唯一永远不会失落的回报。

　　期待自己的美好行为能够得到他人以赞许作为回报，实在是不切实际，自寻烦恼。尤其是在我们这个如此污浊、无知的时代，世人对你的称道不啻一种侮辱。现如今谁还有资格来判定什么才是值得表扬的呢？我看到有人成天都在自我夸奖，但愿上帝不要让我成为他们所自夸的那种好人！"往昔之恶行如今已蔚然成风气。"①我的一些朋友时常会开诚布公地对我提出批评；他们批评我，有时是自发，有时是应了我的要求。他们认为这么做是在尽朋友的义务，而对于成熟的心灵来说，朋友的批评比朋友可以给到的其他一切帮助都更珍贵，因为朋友的批评不仅有益，而且充满善意。我总是敞开胸怀，谦虚地、感激地欢迎朋友的批评。不过，清醒地说来，我常常觉得他们对我赞扬也好，指责也好，都不太符合实际情况。如果我按照他们认为的正确做法去做，可能会比按照我自己的错误做法去做错得更多。其实，我们每个人都有自己的内心世界，只有我们自己了解自己的内心世界，所以我们都应该为自己打造一套内心的法则来作为行动的试金石，并根据该法则对自己进行奖惩。我就有一套审视自己的法律和法庭，主要用于规范自己，而不是用它们来评判其他人。虽然我在限制自己的行为方面会参考他人的意见，但在扩大行动范围方面，我只听从自己的心声。只有自己知道你到底是怯懦还是残

---

① 出自塞涅卡的《道德书简》。

忍，是正直还是虔诚。你到底是什么样的人，这是旁人都看不明白的；旁人只能依据一些不确定的假设来猜测你是什么样的人，因为旁人所能看到的，并没有多少是你真正的本性，而更多的是你对你的本性所做的展示。所以，你绝不应该轻信旁人的判断，而应该相信自己的判断。"你所能倚仗的，只有你的判断。懂得分辨善恶是极其重要的；一旦失去这种辨识力，一切都会崩塌。"①

据说，悔恨会紧紧地追随着罪孽。但是，对于那些登峰造极的罪孽，那些在我们身上安了家的罪孽，这种说法就不成立了。对于自己在意外或冲动的驱使下做出的恶行，我们可能进行反省，加以否定；但那种长久以来习以为常、已经在强大且蓬勃的主观意志中牢牢扎下根来的恶，却不那么容易战胜。悔恨只是一种对自己主观意志的否定，是对自己各种想法的抵抗，还不定会把我们推向何方。比如，它就使得这一位对自己过去的美德和禁欲产生了质疑：

为什么我如今的想法和年少时不一样了？

---

① 出自西塞罗的《论诸神的本性》。

为什么本应该出现的反应都不再出现了？ [①]

　　于心底谨守秩序，是一种罕见的品质。每个人都在人生的舞台上扮演自己的角色，都可以把自己打扮成诚实正直的人；但要做到在骨子里，在自己做什么都可以的极其隐秘的内心深处依然自律，那才真是了不起。次之的境界，则是在自己家里、在不需要向任何人负责的日常行为中做到如此：在这种场合中，做什么都不会受到影响，都不需要刻意。所以毕阿斯这样描述什么才是好的家风："在自己家里，虽然不像在外面时那样要畏惧法律和人言，但同样要做到控制自己。"有几个工人建议朱利乌斯·德鲁苏斯 [②] 花三千埃居把家宅改造一下以防邻居窥视到其家中的光景，他说出了这句妙语："不如我给你们六千埃居，你们把它改造成所有的人都可以从各个角度一览无余的样子吧。"值得一提的还有阿戈西劳 [③]，他外出旅行时总是习惯下榻在神庙里，以便民众和众神得以观察他在私下里的一举一动。这

---

① 出自贺拉斯的《歌集》。

② 指的应是于公元前 91 年担任罗马保民官的马尔库斯·李维乌斯·德鲁苏斯，他为自己俭朴的生活方式感到非常自豪。

③ 古斯巴达国王。

个人物在大众看来非同一般，而在他妻子和仆人眼里却没什么特别。极少有人能得到自己家里人的敬仰。

下面这个故事告诉我们，谁在自己家里、在自己老家都甭想摆谱。即便是在无关紧要的小事上也是如此。我这样一个小人物的经验便可映照出那些大人物的境地。我老家加斯科涅的人们看到我写的东西被印刷成书都觉得好笑；而越是在离我家遥远的地方看到我的作品，我的名气就越响亮。在吉耶讷，我想出书就得付钱给印刷商；而在别的地方，印刷商想出我的书就得付钱给我。正是基于这种现象，有些人才会在自己还活着的时候就隐藏起来，以图世人把自己当成已经作古之人景仰。而我宁愿少得到一些赞美，也要把自己呈现给世人以换取我应得的尊重。这样，等到我离开这个世界时，它就不欠我什么了。

有这样一种人，在外面参加公共仪式时备受民众仰慕，回到家里关上家门、脱掉长袍就把自己演的角色抛到了一边：他在外面表现得有多高尚，在家里表现得就有多低贱。他家里的一切，他心中的一切，都是混乱而平庸的。如果说其中真的有什么秩序在支配着这一切，恐怕只有非常警觉敏锐的判断力才能从如此隐秘私人的行为中辨识出这种秩序。况且自律本来就是一种沉默而不起眼的美德：它不仅体现在攻城略地、率领使团、领导人民等辉煌的行动之中，而更难得的是在责骂、嬉笑、售卖、购买、爱恨、心平气和地跟身边的人或跟自己进行正确的交流、不放任自流、不违逆本心这样一些不那么引人注目的行为之中都做到恪守秩序。

无论世人怎么认为，其实"退隐"的人所面对的责任并不比其他人更少、更容易，反而有过之而无不及。亚里士多德说，比起那些占据重要职位的人，平民布衣在践行美德上做得更好，付出的努力更多。因为人想要成就大事，更多靠的是对荣耀的追求，而不是出于责任心。而通往荣耀的最短路径，应该是凭借责任心去做为追求荣耀而做的事情。所以亚历山大的美德虽然充满戏剧性的表现力，但我觉得与苏格拉底默默低调践行的美德相比，还是少了一些鲜活的力量。我可以很容易地设想把苏格拉底放到亚历山大的位置上会是如何，但无法想象把亚历山大放到苏格拉底的位置上会怎样。如果你问亚历山大他擅长做什么，他会回答："征服世界。"用同样的问题来问苏格拉底，他的答案："按照自己天生的条件，过一种人的生活。"而要做到这一点，就必须具备广博得多、艰深得多、扎实得多的学问。

灵魂的价值并不在于它走到多高的地位，而在于行得端正；灵魂的伟大并不表现在那些宏大之事上，而表现在平时的行为中。懂得如何对我们进行深入判断和评价的人，并不会看重我们在公开行动中的耀眼表现。在他们看来，那不过是积满厚厚污泥的河床上流淌着的几缕细流、溅出来的几朵水花。同样，那些只会从美丽的表象来评判我们的人，也会从中对我们的内在本质做出结论，但他们无法想象我们是如何把和他们相似的那些平凡普通的特征与他们所不能企及、大感意外的那些特质联系结合在一起的。也是因为这个道理，人们才会把那些恶魔都描绘成形貌奇异可怖的样子。说起帖木儿 ①，有谁不会联想到那个眉毛浓稠、鼻孔朝天、面目可憎、身体畸形的形象？不就是因为他的臭名昭著，才被描述得如此奇形怪状吗？以前要是有人介绍我和伊拉斯谟 ② 认识，我很难不把他对自己妻子或

---

① 绰号"帖木儿兰"（即"跛足帖木儿"），出身突厥化的蒙古贵族，是帖木儿帝国的创建者，以残暴著称。鼎盛时期的帖木儿帝国横亘从小亚细亚到印度德里的西亚、中亚和南亚的费尔干纳盆地，北起锡尔河和咸海，南及阿拉伯海和波斯湾，是一个幅员辽阔的大帝国。

② 中世纪尼德兰（今荷兰和比利时）著名的人文主义思想家和神学家，是一位用"纯正"拉丁语写作的古典学者。

仆人说的话全都当作格言警句。而看到他的那把破椅子或他妻子的模样，我们很容易把他想象成一个工匠，而不是一位举止和才华都备受尊敬的大学者。因为我们总是觉得，如此崇高的人物不可能屈就于如此简朴的生活。

灵魂邪恶之人偶尔会在外力驱动下做好事，同样，灵魂道德之人有时也会在外力驱使下做坏事。所以，我们应该尽可能在灵魂"回家"之时，或至少在灵魂处于近乎休憩状态、自然状态时来对其正常状态进行评判。教育能够提升和强化人天生的倾向，但几乎不可能改变或逾越它们。我认识许多人尽管受到了相反方向的教育，但他们的灵魂还是会按照天生的倾向分别滑向道德或邪恶。正如那些已然忘记了山林的猛兽——

它们一被擒获，
眼里就温柔起来失去了凶光；
就学会了服从人类。
可一旦尝到一丝血腥，
狂暴野性就立刻苏醒，
就喉咙发胀，狂躁起来，

连吓破了胆的主人也不放过。①

　　人无法移除自己的本性，只能把它遮起来，藏起来。对我来说，拉丁语仿佛是一种天性，我理解拉丁语比法语还好。但我已经有40年没有用它来说话了，也绝少用它来写作。不过，也有过那么两三次，在突发的极端情绪的冲动之下，比如有一次身体一直很硬朗的父亲突然昏厥，仰面摔倒在我身上，我脱口而出的第一句话竟是拉丁语。尽管这么久都没有使用过它，但情急之下，它就像天性一样不由自主地冒了出来。这类情况，许多人都遇到过。

　　如今，有一些人试图按照新的思想观念来移风易俗。他们革除了那些浅表的弊病，然而深层天性里的恶，不仅分毫未受波及，甚至不减反增。这种现象着实令人担忧，因为人们都会把追求此类表面的改变当作借口，不再为了追求真正的善行而付出任何努力，毕竟这样的表面功夫既费不了多少气力，又能得到更大的奖励。这样一来，我们反而纵容了其他那些与生俱来的、生于我们内心、和我们融为一体的恶。那就等着看这种做法会给我们的生活带来

----

① 出自卢坎的《法萨卢斯内战》。

什么影响吧。只要略微倾听一下自己的心声，每个人都会发现自己心里有一种独特的、强大的力量在对抗着教育，对抗着各种与之相悖的观念的侵袭。就我而言，诸般纷扰皆不能令我动摇，我就似那又沉又实之物，几乎总能保持定力。即使我不总能保持常态，但也总能接近常态。我在行为上的些许偏差从来不会把我拖离正轨；即使出现些微偏差，也绝不会做出什么出格或过分之举，而且我总能清醒且深刻地反省自己。

在我们这些人平凡的生活方式中，真正应该谴责的是，有些人虽然过着退隐的生活，但日常中却还是充满腐败和肮脏；他们不思改过，所做的忏悔既不真诚也不彻底，甚至和他们的罪过一样值得谴责。有些人因为天性或长期的习惯而沉湎于某种恶习，以至于都感觉不到它的丑陋。还有一些人（包括我在内）会因为作恶而感到沉重，但又会借助快乐的事情或其他的事情去寻找平衡，去减轻承受，甚至会在某些条件下投入罪恶中去。但不论如何，这样的做法都是怯懦和邪恶的。我们可能还会想到有一种极端的情况，那就是我们可能因为某种恶会给我们带来快乐而谅解它，就像我们会因为某种恶具有某种实用性而接受它一样。前提条件：一方面，这种恶是在特定情形下偶发的，而且并非有意为之的（比如顺手牵羊）；另一方面，这种恶本来就存在于某种行为之中，比如在我们与女性的肉体关系中本来就存在着恶，而这种关系具有强烈的、甚至不可战胜的诱惑力。

有一次，我在阿马尼亚克一位亲戚的领地上遇到了一个称"大盗"的农民。他是这样讲述自己的生活的：他生来就是乞丐，认识到如果靠自己的劳动挣饭吃，永远也不可能真正摆脱贫困，所以决定从事偷盗。他年轻时体力强健，一直都在干这个营生，一直平安无事。这是因为他总是跑到离自己住地非常遥远的其他领地上去盗窃，而且每一次盗窃的数量都非常巨大，人们无法想象一个人在一夜之间可以扛走这么多东西。他还很小心地把他盗窃造成的损失平摊在很大的一片地域范围内，把每个被盗者的损失保持在他们可以承受的范围之内。如今，他认为和境况相同的人相比，自己已经算是个富人了，并公开承认自己的富有多亏了他所做的这项营生。他说，为了和上帝就他通过偷盗而获得的一切达成和解，他现在每天都通过行善来帮助他所偷盗的那些人的后代，而如果他自己无法完全做到（因为他不可能一次性满足他们所有的人），他还会要求自己的继承者们去弥补他造成的损失。从他的或真或假的讲述中，我们可以看到虽然这个人也认为偷盗是一种不诚实的、令人憎恶的行径，但还不及贫困令人憎恶；他会自发地为自己的偷盗感到悔恨，但从另一个方面来说，由于他通过自己的方式平衡和弥补了自己的错误，他又不为此悔恨了。他的这种态度，既有别于人们因对某种邪恶习以为常而形成的麻木不仁，也不同于那种可能令灵魂受到震撼而变得盲目、令人瞬间失去判断力而任由邪恶摆布的强烈冲动。

一般来说，我做任何事情都全身心投入。我是一个完整的整体，几乎不会去做那种需要欺瞒自己理智的事情或者那种非得引得内心分裂和斗争才能获得完整自我的认可的事情；我做的事情，无论是错还是对，是应该谴责还是值得赞美，其责任都归于我的判断力。而且，只要它一旦觉知到某件事情是错的，它就能一直做出这种判断。从我出生以来，我的判断力几乎始终如一，其价值取向始终保持一致，坚持以同样的力量沿着同样的路线前进。就我的世界观而言，在我一生中一直坚持下来的都是我自小就树立起来的那些观念。

我们姑且不去谈论那种突然冒出来的、来势凶猛、难以控制的恶念。另外，还有一些恶行是在工作或职务上做出的，常常被人们归咎于"脾气不好"，其实，它们都是经过当事人再三考量而一再犯下的。我无法设想，如果当事人在理智和良心上一直都不接纳、不容许这些恶，它们何以能够如此长久地盘踞其心灵之中。所以，对于这种人在某些特定时刻所声称的悔恨，我也会感到有些难以理解，难以想象。

毕达哥拉斯学派宣称，人在来到神像面前领受神谕时就会获得全新的灵魂。对此我不敢苟同，除非他们所指的是人到了这种情境中，心灵上会产生一些短暂的新变化，因为就我们自己的灵魂而言，从来也没有过在参加了此类仪式后就能得到净化或变得纯洁的迹象。

那些声称为自己的行为感到悔恨的人完全背离了斯多葛派的教诲。斯多葛派的确教导我们在发现自身的不足和缺点后要加以纠正，但同时斯多葛派还禁止我们因为自身的不足和缺点而搅扰自己心灵的安宁。那些人企图令我们相信他们在心里感受到了巨大的遗憾和内疚，但对于是否要纠正错误却只字不提。然而，人若不把自己从自己作的恶中解脱出来，就不可能改过自新。要是摆放到天平的托盘上来衡量，悔恨会比所做的恶更加沉重。我觉得，假装虔诚而不用虔诚来规范自己的行为和生活，再容易不过：

虔诚的深层机理深奥难懂，但要想伪装出一副虔诚的模样，却容易得很，而且极具欺骗性。

就我而言，我也完全有可能会产生改变自身现状的愿望。如果我对自己平时的生活方式产生厌恶，我就可能祈求上帝对我进行彻底的改造，改掉我天生的弱点。但我觉得这不能叫作"悔恨"，这就和自己因为不能成为天使或小加图而感到的失望差不多。我的行为与我的为人及我的条件相协调，均受到我的条件规范。我不可能做得更好了，而对于超出自身能力的事情，根本谈不上悔恨，那应该叫作遗憾。对于那许多天资比我更高、更自律的人物，我心中充满了向往，但我自身的能力并不会因为我的这种向往而得到提升。道理很简单：我可以想象别人活力四射的身体和精神，但这种想象并不能令我自己的身体和精神充满活力。要是对一种更加高尚的行为方式展开想象和向往就能使我们对自己的行为方式感到悔恨的话，那就会使我们对自己那些最清白无辜的行为感到悔恨，因为我们都很清楚要是自己拥有更好的天资，那些行为就能实现得更加完美高尚——那么，我们就会希望事实的确如此。回顾年轻时的行为举止，把它们与我年老时的行为举止进行比较，我发现总的来说我所做之事都遵循了自己的处世方式的引导，且都是我自己能力所及的。不吹嘘地说，只要把我放到类似的境况中，我还是相同的我。我无法呈现出五彩斑斓的模样，因为我的人生已被诸多色彩混合而成的染料染透。我也不知道什么叫作表面上的悔恨、一般性的悔恨或仪式化的悔恨。如果说我悔恨，那就一定是全身心都悔恨，这种悔恨就一定渗透脏腑，像上帝的目光那般深入、那般彻底。

在生意方面，我因为不懂如何抓住机会而错失了多次好机会。不过，从当时的情况来看，我的选择都是正确的。我做选择的原则是优先考虑便利性和安全性。在我以往的决策中，我都秉持自己的原则并结合实际情况作出了明智的决定。就算再过一千年，只要把我放到相似的境况中，我还是会做同样的决定。这里说的不是我的生意现在的情况，而是它在我进行考虑时的情况。

任何计划的价值都在于时机，机会和条件总在不停地轮转变化。我的人生犯过几次大错，也承受了严重的后果。那些错误并非因为我判断错误，而是由于运气欠缺。在生意场上，我们总得和一些隐秘的、不可预测的因素打交道，尤其是一些与人的天性相关的因素，还有一些无法明说的、无形的、有时可能连当事人都不了解的条件，等到它们突然浮现，就会造成种种意外的情况。如果说我的智力没有能够觉察、预测到这些因素，我也不会因此而责怪它，因为它已经尽到本分。如果说事情的发展与我的决策背道而驰，而是朝着有利于被我排除掉的方向发展，那也没有什么好补救的。我也不会因此抱怨自己，只会责怪运气不好，而不会责怪自己所做的决策。这种，也不能叫作悔恨。

福基翁曾经就一件事情向雅典人提过一个建议，但未被他们采纳。后来事情却与他所想相反，进展得很顺利。于是，有人就对他说："嗨，福基翁，事情进展得这么顺利，你高兴吗？"他回答道："事情发展得这么好，我当然高兴呀。不过我并不为我提过的建议感到后悔。"当我的朋友就某事来咨询我，我都会自由而公开地给出我的意见，我从不觉得有必要像大家所做的那样要预先声明这件事情本身具有很大的偶然性，其发展有可能与我的估计相反，请大家原谅我的主观武断云云。我从不会为此感到烦恼。要是他们为此责怪我，那就是他们的不对了，因为他们向我求助，我是不能够拒绝的。

自己犯下错误或运气不好时，我只会责怪自己，从来不会怨怪他人。这是因为，其实除非出于礼貌，抑或我需要了解某个具体的信息或关于某些事实的细节，我都很少听从他人的意见。在我只需要自己来做判断的事情上，他人所讲的道理可能会被我借用来铺陈我的观点，而极少能够扭转我的看法。当然，我会非常礼貌得体地倾听别人的话，但印象中迄今为止我只相信自己的判断。在我看来，他人的意见只不过是一些干扰心智的蝇声蚊鸣。我并不觉得自己的观点有多么了不得，但我也极少赞赏他人的观点。而总的来说，我的运气还算不错。我不采纳他人给我的建议，也几乎不主动给他人提建议。大家很少会来询问我的看法，就更谈不上认同我的看法了。我也不曾见过自己的建议对任何公共事务或私人事务起到过立竿见影的作用。偶尔，也会有人碰巧愿意听一听我的看法，但这种人既然连我的话都愿意听，那就说明他们更容易受到其他人意志的影响。不过，我倒宁愿如此，因为我这个人并不在乎自己有没有影响力，而更在乎自己能不能消消停停地过日子。大家把我撂在一边，反倒是遂了我的心愿，让我可以完全地专注于我自身的建设。对于我来说，不用再掺和别人的事务，不用再努力去捍卫别人，实在是一桩乐事。

任何事情，一旦结束，我都不会感到遗憾。因为我清楚地知道一切终要过去，所以没有什么可难过的。这一切都符合宇宙运行之大道，符合斯多葛学派的因果链条。不论是通过主观意志还是通过主观想象，我们都无法对此做出分毫改变，否则世界的整个秩序以及过去和将来都会发生颠覆。

此外，我很讨厌那种活到老了才生出的悔恨。有一位古人说他感谢衰老使他摆脱了性欲的纠缠。我的想法却与他大大地不同：我才不会感激阳痿给我带来什么好处。"上帝就算再讨厌自己的作品，也不会把性无能当作自己的佳作。"[1] 人到老年，欲望就越来越少：每次做爱之后都会感觉乏味。我看不出这与觉悟有任何关系。衰老带来的忧愁和衰弱迫使我们把这种软弱无力当作一种美德。其实，我们不该听凭自然衰变任意摆布我们到连判断力都发生衰退的地步。年少时，我没有因为耽于肉欲之快乐而漠视其中包含的邪恶；而现在，我也不会因为老了、腻了就把肉欲的快乐和邪恶混为一谈。虽然现在此事和我已经无甚关系，但我对它的看法还是和青春年少时一样。当我专注而用力地审视我的理性，就会发现它仍和少时一般风流。只不过随着我的衰老，它有些疲软了。而且我发现，如今它出于身体健康计而拒绝我享受肉欲的快乐，这和它从前许可我

_____

[1] 出自昆体良的《雄辩术原理》。

放纵肉欲一样，都是在为我的精神健康着想。我并不觉得它比以前更加勇猛了，因为我看到它正在退出战斗。我的欲念已经土崩瓦解，也不需要劳动它出马了，只消动动双手就能轻易地将它们驱散。要是把曾经的淫欲再次摆到它面前，恐怕它已经没有以前那么大的力量来承受。我现在对它的看法和以前没有任何不同，也没有任何新的感悟。所以，即便可以把失去性欲当成一种健康，那也是一种病态的健康。

把一种病态当成健康来感激，何其可怜！要想健康，靠的不是作践自己，而要依靠我们健全的判断力。对我来说，伤害和打击只能激起我对它们的诅咒，因为只有那些不被鞭子抽打就不能醒悟的人才会需要它们！而我的理性要在幸福之中才能发挥得更加自如，它应对伤痛比应对快乐要慌乱无措得多。在从容不迫的时候，我看待问题才能更加清晰。于我而言，健康的启示比起疾病的警告更令人愉悦，也更能起到作用。只有在能够享受个中快乐之时，我才得以在完善自己、追求自律的道路上走得最远。要是我不喜青春好年华那健康、敏捷且充沛的活力，反而偏爱老迈之年那凄凉悲哀的晚景，要是世人在评判我时依据的不是我之所是而是我之所不再是，那就会令我感到耻辱和不甘。我的看法和安提西尼相反，我认为人生之福气在于活得幸福而不在于死得幸福。我才不想要在人生的末年拼命地给自己绑上一条哲学家的尾巴，我也不想要这样一条尾巴来抹煞掉我一生之中持续时间最长、最健全、最美好的时光。我坚持全面如实地展现和呈现自己。要是我的人生可以重来，我还要像我所活过的那样来活。我无惧将来，更不畏过往，老实说我的表里皆是如此。我要感谢命运的一件事是：就我的身体状态而言，它的每个阶段来得都正当其时。我已然经历了它的萌芽期、盛花期和结果期，如今来到了它的枯萎期。一切如此幸福，因为合乎自然。苦痛只要是如期而至的，就能够令我愉悦地回想起自己在过去漫长人生中享受过的福气，这样的苦痛叫我承受起来就要容易得多。

我的智慧也是如此：不论是在过去，还是在现在，我的智慧都应该是同样大的。然而，在年轻时，我的智慧更优雅、更活跃、更快乐、更自然，更有能力去实现更美好的行动，而现在它已经变得破败、怨尤、疲累不堪。我也就不求有什么机会来对它进行痛苦的改造了。

或许，应该让上帝来鼓舞我们的勇气。我们应该通过增强理性而非削弱欲望来提升自己的觉悟。肉欲之快乐本来就不是我们这些昏花老眼之人所看到的那般乏味无趣。我们是出于对上帝的尊重才提倡祂所要求的真正的节欲、贞洁。因衰老、体弱多病而导致的丧失欲望，比如我由于肾绞痛而丧失欲望，这既算不上贞洁，也算不上节欲。如果没有见识过肉欲之快乐，不知道它有多好、多妙、多强烈、多诱人，就不能夸耀自己可以无视它、战胜它。我可以谈论青春和衰老，是因为我对这二者都了解。我觉得人到老年，心灵受到自身疾病和缺点的束缚比年轻时更大。我早在年轻时就已经说过这话，但那时人们看到我嘴上没毛，都对我的这个观点不屑一顾；现在我有资格说这话了，因为我的胡须都已经灰白。人们所说的"老人的智慧"，其实不过就是人到老年性格变得执拗难缠、对现有的一切都看不顺眼罢了。事实上，据我看来，老人不仅改不掉自己的缺点，反而还会越变越糟。有人越来越狂妄自大，有人越来越絮絮叨叨，有人脾气变得暴躁难以亲近，有人对自己再也用不着的各种东西产生了一种可笑的迷恋。除了这些之外，我还发现人到老年会变得更加嫉妒、更不讲公正、更心怀恶意。衰老在我们精神上刻下的皱纹比在我们脸上刻下的皱纹要多得多。几乎没有人（或极少有人）的心灵在变老的同时不会散发出尖酸刻薄的气息。这是因为衰老就是人在发展成熟后全面走向枯萎的过程。

我了解苏格拉底何其有智慧，所以关于他的几次受审，我常常会想他实际上是不是在有意地、有预图地追求这样的结果，因为他当时已经年近七旬，应该已经开始感觉到自己原本丰富的精神世界渐渐被麻木迟钝所占据，原本的清醒明睿也渐渐被头晕目眩所取代。

因为衰老，我的许多认知都发生了多么巨大的变化！衰老是一种可怕的疾病，会自然而然地、不知不觉地在我们身上扩散开来。要想预防它加诸我们的缺陷，或者至少减缓这一进程，就必须要时刻努力地保持极大的警惕。我非常清楚地感觉到，尽管我给它设置了重重障碍，它还是在步步进逼。我正竭尽所能地抵抗着，我也不知道它最终会把我变成什么样。至少，人们可以知道我是在哪里跌倒的，这就足以令我感到欣慰。